Bertha Pappenheim

Der Wunderrabbi

Fünf Erzählungen

Bertha Pappenheim: Der Wunderrabbi. Fünf Erzählungen

Neuausgabe
Herausgegeben von Karl-Maria Guth
Berlin 2020

Der Text dieser Ausgabe wurde behutsam an die neue deutsche
Rechtschreibung angepasst.

Umschlaggestaltung von Thomas Schultz-Overhage unter Verwendung
des Bildes: Bertha Pappenheim während ihres Aufenthalts im
Sanatorium Bellevue 1882

Gesetzt aus der Minion Pro, 11 pt

Die Sammlung Hofenberg erscheint im
Verlag der Contumax GmbH & Co. KG, Berlin
Herstellung: BoD – Books on Demand, Norderstedt

ISBN 978-3-7437-3767-9

Bibliografische Information der Deutschen Nationalbibliothek

Die Deutsche Nationalbibliothek verzeichnet diese Publikation in der
Deutschen Nationalbibliografie; detaillierte bibliografische Daten sind
im Internet über www.dnb.de abrufbar.

Inhalt

Der Wunderrabbi

1916

Reb Nochem, der »Wunderrabbi«, der Dobriczer Raw, oder der »Rebbe«, wie er kurz hieß, wurde eines schönen Frühlingstags unter der allgemeinen Beteiligung der jüdischen Bevölkerung von Dobricz unter lautem, wildem Weinen und Wehklagen auf dem »guten Ort« des galizischen Städtchens zur Ruhe bestattet.

Nach der mündlichen Tradition in Dobricz war Reb Nochem schon in der vierten oder fünften Generation einer der Männer, denen in ihrer tiefen, unerschütterlichen Gottgläubigkeit und Schriftgelahrtheit nicht nur in der Gemeinde, sondern weit über die Landesgrenze von gewissen Volkskreisen die Fähigkeit zugesprochen war, durch mystische Kraft mehr zu wissen, als dem Alltagsverstand zu fassen möglich ist.

Deshalb war auch schon angeblich seit hundert Jahren das kleine, niedere Haus des »Dobriczer« mit dem Stübel des Rebben, »der Klaus«, dem Bethaus, und dem »Beth Hamidrasch«, dem Lehrhaus, in dessen nächster Nachbarschaft, das Ziel der Fahrt und Sehnsucht für viele Juden. Viele, viele, die schweren Herzens und beklommener Brust diesen auch in ihrer äußeren Erscheinung groß, wohlgebildet und Ehrfurcht heischenden Männern gegenüber gestanden hatten, fühlten – die meisten konnten sich gar keine Rechenschaft darüber geben – den Willen zum Guten, zur Erfüllung der göttlichen Toragebote heiß und befreiend auf sich überströmen. Aus reifer Beobachtung und Kenntnis des menschlichen Herzens, seinem Sehnen und Fehlen wussten »die Dobriczer«, gleich anderen jüdischen Volksberatern ihrer Art im Lande, in kluger Fragestellung die schwere, ungelenke, sowie die absichtlich zurückhaltende Zunge ihrer Besucher zu lösen, verstanden wirre Darstellungen zu klären, zerrissene Zusammenhänge zu verknüpfen, neue herzustellen und alle Vorkommnisse menschlich verstanden auf der Basis der reinen Gotteslehre zu lebendigem Leben zu erklären und zu gestalten.

In den »Rebbe«, den man durch seine Gottesfurcht und Gesetzestreue dem Thron des Schöpfers näher gerückt glaubte, setzte man alles Vertrauen: In Streitigkeiten unterwarf man sich seinem Schiedsspruch, in Familienangelegenheiten seinem Entscheid, in religiösen Zweifeln seiner Belehrung, in geschäftlichen Fragen seinem Rat – alles dies in der sicheren Zuversicht, dass die Worte des Rebbe Eingebung und Äußerung eines höheren Wissens und Willens seien, und dass ihnen darum unbedingt Erfüllung folgen müsse. Unzählige Männer und Frauen, alte und junge, arme und reiche waren seinerzeit schon zu Reb Arjeh ben Nochem gekommen und ebenso viele kamen später zu Reb Nochem ben Arjeh, der wieder in seinem Sohne Reb Wolf und seinem jungen Enkel Arjeh die Dynastie der Dobriczer erhalten sah.

Von den Frauen der Wunderrabbi in Dobricz war wenig zu erzählen. Man wusste nichts von ihnen, als dass sie alle direkter rabbinischer Herkunft waren und so fromm und züchtig, dass sich in ihnen schon das Wunder erfüllte, dass ihr erstes Kind immer der Knabe war, von Gott bestimmt, die Reihe der Erleuchteten fortzusetzen.

In breitem, ungeordnetem Zuge, unbekümmert um Staub und Pfützen auf der Landstraße, in Schaftenstiefeln stapfend, mit je nach Temperament fliegendem oder schleifendem Kaftan waren die männlichen Verwandten, Schüler, Freunde und Anhänger Reb Nochems dem aus sechs Brettern bestehenden Sarge gefolgt und hatten in der Ehre, die zugleich eine religiös verdienstliche Handlung ist, abgewechselt, ihn ein Stückchen Weges auf der Schulter tragen zu helfen.

Unterbrochen von Naturlauten des Jammerns und Stöhnens, unterhielten sich die Teilnehmer des Trauergeleites über die Person, das Leben und Wirken Reb Nochems. Die Ansichten über sein Alter gingen weit auseinander; sie schwankten zwischen 70 und 90 Jahren. Matrikeln, die darüber hätten Bestimmtes erfahren lassen, gab es aus der Zeit, der Reb Nochem entstammte, nicht. Tatsache war nur, dass sich niemand des Rebben anders erinnerte, als einer hohen, gebieterischen Greisengestalt, deren Haupt von einer Fülle weißer Haare bedeckt war. Sein langer silbriger Bart hatte bis an den Gürtel gereicht und ein blasses Gesicht umrahmt. Schläfenlocken, fast so lang wie der Bart, waren zu beiden Seiten herabgerieselt und unter buschigen, stark vortretenden Brauen hatten die blauen Augen geschimmert, die einem »die Neschome, die Seele umklammerten«, wie Cheskel Sofer, der Toraschreiber, den Ausdruck fand. Zu dem Kaftan von schwarzem Atlas hatte er immer Kniehosen und Schnallenschuhe getragen, wochentags einen breitrandigen Velbelhut und Samstag die Samtmütze, das Straimel mit dem Rand von edlem siebenschwänzigem Pelzwerk, und es umgab ihn – darin waren alle einig, die den Verstorbenen auch nur von ferne kannten – eine Atmosphäre fürstlicher Vornehmheit.

Und ferner sprach man davon – was natürlich jedes Kind in Dobricz wusste – wie das Haus des Rebben oft Tag und Nacht von Besuchern und Ratsuchenden belagert war, wenn er erwartet worden war vom Lehrhause oder vom Bethause in seine Wohnung zu gehen, um dort diejenigen zu empfangen, die in Bangigkeit und Ehrfurcht seines Aus-spruches und seines Segens harrten. Freilich war er – leider, nebbich – schon seit zwei Jahren zu schwach gewesen, sein Haus zu verlassen, und Gebet, Studium und Beratung hatten nur mehr im Stübel stattge-funden. Unerschöpflich war man ferner im Aufzählen der Fälle und der seltsamen Vorkommnisse, die die wunderbare Urteils- und Seher-kraft Reb Nochems bewiesen.

Wenn je ein Zweifler leise auch von Enttäuschungen zu sprechen wagte, dann wusste der Volksmund aus des Zweiflers eigener Unwür-digkeit und Sündigkeit das Fehlschlagen von Erwartungen zu erklären.

Als das größte Wunder bezeichnete man aber allgemein, dass Reb Nochem mitsamt seinem Sohn und dessen Frau und Kind – größer war zur Zeit die Familie in Dobricz nicht mehr – wie Manna vom Himmel das ganze Jahr hindurch seinen Lebensunterhalt hatte.

Nicht dass man es nicht selbstverständlich gefunden hätte, dass Reb Nochem sich ausschließlich dem Talmudstudium widmete und er für sich und Arjeh so wenig an einen Broterwerb dachte, wie seines Vater Väter es für sich und ihre Nachkommen getan hatten. Aber diese Vorväter hatten von ihren Besuchern, denen sie durch ihre Beratungen und Beziehungen oft wichtige ideelle, oft aber auch praktische und politische Dienste leisteten, an reichen Gaben und kostbaren Geschen-ken bedeutende Einnahmen, die, wohl verwaltet, gestatteten, den oft vielköpfigen Haushalt sorglos und in großzügiger Gastlichkeit zu führen. Reb Nochem – das wusste man – dachte und sorgte nicht von einen Tag für den anderen. Er war sicher, dass Gott ihm und den Seinen, solange sie in das Buch des Lebens eingeschrieben wären, täglich des Lebens Notdurft bescheiden würde und auch das Nötige, den Sabbat und die Festtage nach Gesetz und Brauch würdig zu begehen. Was brauchte er mehr? Die Werte des Diesseits schienen ihm nur da zu sein, um sie auf dem Wege pflichtgemäßen Wohltuns in Werte des Jenseits umzusetzen.

Er hatte es oft als »von Gott« bezeichnet, dass grade immer, wenn ein reicher Mann beraten, belehrt dem Rebbe unter Hinterlassung eines reichen Geschenks seinen Dank sagte, sich gleich darauf eine arme Witwe, ein lungenkranker Mann, ein kurbedürftiges Kind, ein mitgiftbedürftiger Brautvater in das Stübel drängten, für die Rat und Tat unzertrennlich waren. Rubel und Gulden, die auf des Wunderrabbi Tisch geschoben waren, fanden alsbald ausgestreckte Hände, in die sie wieder verschwanden – und der Ruf des wundertätigen Rabbi wurde dankbar in die kleine große Welt weiter getragen.

Es war gut, dass manche Besucher, besonders »die Weiber«, die oft stundenlang in der Küche und in der Stube bei der jungen Rebbezin warten mussten, bis sie zur Audienz ins Stübel vorgelassen wurden (Reb Wolfs Frau hieß noch immer die junge Rebbezin, trotzdem ihre Schwiegermutter schon zwanzig Jahre tot sein mochte), dieser ihren Tribut, den Pidjen, persönlich und oft in Naturalien entrichteten. Manch fetter Karpfen, mancher Korb Eier, manche Schüssel weithin duftender Quargelkäse und manches Stück Zeug wurden unter lebhaften Dankesworten und oft geheimnisvollen Andeutungen zu erwartender froher Ereignisse auf dem Küchentisch zurückgelassen.

So bildeten Reb Nochem und sein Haus nach dem Ableben des Wunderrabbi für die Bevölkerung von Dobricz den Gegenstand weit ausgesponnener Gespräche, die zumeist damit endeten, dass man erwartete, Reb Wolf werde nun nach altem Herkommen in Ehre und Lehre die Stelle seines Vaters einnehmen.

Aber sonderbarerweise und gegen alle Erwartung verstrichen Wochen nach Reb Nochems Tode, und Reb Wolf lehnte es noch immer ab, Ratsuchende zu empfangen, trotzdem man im Beth Hamidrasch schon längst festgestellt hatte, dass ein erleuchteter Geist voll Feinheit und Schärfe sich in Reb Wolfs Talmudauslegungen bekundete, und dass das Verdienst der Väter vor dem Ewigen und sein eigenes sich bald in weithin leuchtendem Flammenzeichen wunderbaren Wissens kundtun werde.

Es war in den ersten Nachmittagsstunden eines Sabbat im Hochsommer. Die Gasse, in der das Haus der Dobriczer Wunderrabbis stand, lag in Sonnenglut und jener eigentümlichen Ruhe da, die sie, trotzdem sie auch sonst keinem Weltverkehr dient, von der Physiognomie des Alltags merklich unterscheidet.

Das Schaukästchen des Silberarbeiters Owadie Brechner fehlte mit seinen anlockenden Schätzen von Ringen, Ohrringen und Ketten neben der Türe, die zugleich als Eingang zur Werkstatt, zum Laden und zur Wohnung diente, weil nämlich Wohnung, Laden und Werkstätte Owadie Brechners eins sind. Vor dem Fenster des Gelbgießers Laib Goldfaden hing eine grüne Strohjalousie schief herunter; der Laden des Schuhflickers Osias Elend und des Spezereikrämers Weintraub & Co. waren geschlossen. Nur ein kleines Schild, zwei gekreuzte Löffel auf schwarzem Grunde neben der Türe, eine siebenarmige Schabbeslampe, knallgelb auf die Jalousie gemalt, ein schwarzer Stiefel auf einem waschblauen Viereck, das an einer Stange über der Ladentüre baumelte, und ein mächtiges Tafelgemälde, ein Stillleben: ein Zuckerhut in Lebensgröße, ein Bündel Kerzen, Kipfel, Semmel und Wecken sinnig auf der Fläche verteilt, verrieten auch dem stadtfremden Analphabeten, wo bei eintretender Nacht der Geschäftsbetrieb dieser Gasse wieder einsetzen würde.

Fast unter allen Haustüren spielten mit Locken und Schleifen geschmückte Kinder, und an vielen Fenstern saßen oder lungerten jüdische Frauen, deren umfangreiche, verschwommene Körperformen in Anbetracht der sommerlichen Temperatur nur mit Unterrock und Nachtjacke oder schlafrockartigen Gebilden überzogen waren. Dagegen trugen sie das Haupt, dem Kalender spottend, mit prächtigen SchabbesScheiteln modisch auffrisiert.

Es war stille in der Gasse, sodass man auf und ab das singende Gemurmel hören konnte, das aus den zwei Fenstern von des Rebben Haus klang. Hier war links vom Hauseingang »das Stübel« gelegen, ein verhältnismäßig großes Zimmer mit einem Alkoven, wo Reb Nochems Licht erloschen war, und wo sich während des Trauerjahres dreimal täglich ein Kreis von mindestens zehn Männern zum Beten und »Lernen« versammelte und Reb Wolf sein Kaddischgebet sagte.

Etwas tiefer in dem schmalen, dunklen Flur neben dem Wasserbänkel mit der primitivsten Waschgelegenheit, den religiösen Vorschriften zu genügen, führte eine Türe in die Küche. Dort stand an jenem Sabbatnachmittage im Schatten des vorspringenden Herdmantels Gewiera, die Frau Reb Wolfs. Ihr Kleid, ein unmodisch weiter Rock und ein

Jäckchen von braunem, schwerem Seidenstoff ließ die zarte Gestalt klein erscheinen. Tief in die Stirn, den Haaransatz zu bedecken, lief der dunkle Atlasstreifen des Haarhäubels und darauf saß das Stirnbindel, ein diademartiger Kopfputz von echten Perlen auf Draht gefasst und mit einem schwarzen Samtband unterlegt. Darüber ein blauseidnes Kopftuch, unter dem Kinn in einen Knoten gebunden, zeigte die Tracht der Rebbezin in ihrer teils altmodischen, teils eigenartigen Vornehmheit, die aber keinen sicheren Schluss auf das Alter der Trägerin zulässt. Gewiera sah beobachtend nach der Türe des Zimmers hinüber.

Es dauerte nicht lange, da huschte zuerst eine schmale Jünglingsgestalt im langen Rock die enge, lichtlose Treppe hinauf und dann kamen die Männer der Gebetversammlung, alle in der bekannten Tracht der polnischen Juden, aus dem Zimmer. Sie küssten die vorschriftsmäßig am Türpfosten angebrachte Riesen-Mesusoh und wünschten sich im Fortgehen gegenseitig einen guten Schabbes.

Als es endlich ganz stille war, verließ die Rebbezin die Küche, überschritt eilig den Flur und trat in das Zimmer – ein ungewöhnliches und in gewissem Sinne kühnes Unternehmen, denn unangemeldet und unbegleitet soll keine Frau das Zimmer des Rabbi betreten.

Es war ein Raum, von der Türe gesehen mehr breit als tief, nur mit wenigen Möbeln versehen: ein Regal, auf dem die dem täglichen Gottesdienst dienenden Bücher die abgegriffenen Blätter zeigten, und wenig ordnungsvoll zusammengeknäulte Gebetmäntel und allerlei Kram wirr verstaubt verträglich beisammen lagen; ein zersessenes Ledersofa, ein hübsches Eckschränkchen mit der Sefertora standen je neben den Fenstern. Nichts Überflüssiges war zu sehen, nichts Schmückendes, man hätte denn ein buntes, mit kabbalistischen Buchstaben und naiven Blumenmotiven geziertes Misrach so bezeichnen wollen. In der Mitte des Zimmers war ein großer Tisch mit dicken Folianten bedeckt; an dessen Langseite, der Türe gegenüber stand der Lehnstuhl, in dem Reb Nochem in den letzten Jahren, von Polstern gestützt, gesessen war und jeden Eintretenden gleich mit dem Blick »umklammert« hatte.

Gewiera hatte erwartet, den Sessel neben dem pietätvoll unbenutzt bleibenden Lehnsessel des Vaters von Reb Wolf eingenommen und ihn über ein Blatt Gemore gebeugt zu finden – aber zu ihrem Erstaunen sah sie die hohe Gestalt ihres Mannes vom Tisch abgewendet; mit den Händen auf dem Rücken stand er und blickte starr in das knisternde

Öllichtchen, das in einer Nische des gemauerten Ofens stand und während des ganzen Trauerjahres zur Erinnerung an den Verstorbenen brannte.

Reb Wolf hatte seine Frau nicht eintreten hören.

»Wolf-Leben«, musste sie ihn anrufen.

»Gewiera?«, frage Reb Wolf, sich ihr rasch und erstaunt zuwendend.

»Wolf-Leben«, sagte die Frau, »du musst verzeihen – ich kann nicht mehr, es zersprengt mir das Herz.« Ein unterdrücktes Schluchzen erschütterte sie.

»Gewiera-Lieb, am Schabbes«, sagte Reb Wolf mit leisem Vorwurf.

»Ich weiß, am Schabbes soll man nicht weinen«, sagte Gewiera, gewaltsam die hervorbrechenden Tränen zurückhaltend, »aber seit Wochen, wenn ich am Freitagabend die Lichter entzünde und will meine Seele erfüllen mit der Schabbesfreude, dass nichts andres soll drin sein, erleb' ich, dass Gott nicht wegnimmt die Steine von meinem Herzen, und wenn auch die Augen trocken bleiben und das Herz weint blutige Tränen, dann, Wolf-Leben, sind auch am Schabbes die Tränen von Gott.« Reb Wolf, der sah, dass seine Frau ein ernsthafter Kummer drückte, sagte: »Setz' dich, Gewiera-Lieb, und rede.«

»So der Rebbe steht –« Da setzte sich Reb Wolf in seinen Sessel, rückte an seinem Samtkäppchen und begann, geflissentlich den Blick von seiner Frau abgewandt, mit seinen langen schmalen Fingern durch den rötlichen Bart zu streichen. Da setzte sich auch Gewiera bescheiden an die Schmalseite des Tisches.

»Mein Herz hat die schwersten Sorgen für Arjeh, unser Kind; und –«

»Gott soll bewahren –«, warf Reb Wolf plötzlich erschrocken ein; er mochte bisher vielleicht die Weibertränen noch nicht so ernst genommen haben.

»Ja, für Arjeh und für unsere Parnosse, und ob ich auch nur ein Weib bin – und weil ich weiß, dass du deinen ganzen Verstand auf unsere heilige Tora legst und vielleicht nicht siehst, was ich als eine Mutter sehen muss, und nicht fürchtest, was ich als eine Mutter Tag und Nacht fürchte, weil mein kleiner Verstand nicht mit den Heiligen Schriften beschäftigt sein kann –«

»Gewiera-Lieb«, unterbrach sie Wolf tröstend, »was ein züchtiges Weib ist und eine treue Mutter an Kindern tut, ist vor Gott so viel, wie lernen Tag und Nacht.«

»Ich will es zufrieden sein, wenn mir in jener Welt etwas wird angerechnet, aber Wolf-Leben, wenn auch Schmerz und Kummer von Gott sind, ich kann nicht vergessen an unsere Kinder, die drei, die Gott so jungerheit von uns genommen hat: Taube, so schön wie sonst kein Kind, und Frummet und Gedalje, und ich hab sie geboren und sie gesäugt, und wie eine Schneeflocke im Winter auf deine Hand fällt, weiß und schön, und du siehst sie an und willst dich an ihr freuen – und sie ist nicht mehr, und es bleibt nichts wie eine Träne, so war es mit den Kindern.«

Reb Wolf unterbrach mit keinem Wort, mit keiner Bewegung den Strom der Rede, der von Gewieras Lippen fiel. Sie hätte denken können, dass er sie gar nicht gehört hätte, wenn nicht plötzlich aus seinen weit offenen, stahlblauen Augen zwei große Tropfen tief, tief aus seiner Seele gesprungen und langsam in seinen Bart geronnen wären.

»Haben wir nicht Arjeh?«, flüsterte er.

»Ja, wir haben Arjeh, Gott sei Dank. Aber lass mich gedenken, Wolf-Leben. Wie ich noch bin ein junges Ding gewesen von sechzehn Jahr', da hat mich einmal mein seliger Vater mit der seligen Mutter in sein Stübel gerufen und hat mir gesagt, dass er mich verlobt hat mit dem Sohn vom Dobriczer Rebben. Und da hab ich – vielleicht war es sündig und ich muss gestraft werden – aufgeschrien und hab gesagt, dass ich nicht wollte mit einem fremden Mann sein. Und da hat meine gute Mutter meinen Kopf genommen und hat mich geküsst und hat mir ins Ohr gesagt, dass ich nicht weinen sollt', ich werd' eine glückliche, stolze Frau sein, denn ich werd' haben einen Sohn, einen Bechor, einen Kaddisch.« – »Ob ich auch weiß«, fuhr Gewiera nach einer Pause fort, »dass es nicht mein Verdienst, sondern eine Gnade ist, dass ich den Segen mitgenieße, so ist doch Arjeh unser beider Kind, das ich getragen, gesäugt und gewartet hab und, Wolf-Leben, ich will Arjeh behalten und er soll uns bleiben und gesund sein und glücklich.«

Gewiera sprang von ihrem Platze auf, in Angst und Erregung glänzten ihre großen, dunklen Augen. Sie griff über den Tisch und rüttelte leidenschaftlich an Wolfs Händen, die er mit ineinander geschobenen Fingern auf das aufgeschlagene Buch gelegt hatte.

»Festhalten wollen wir ihn mit unseren Händen und mit unseren Herzen ...« – Bei der unerwarteten Berührung von seiner Frau zuckte Reb Wolf erschreckt zurück. Gewiera richtete sich auf. Eine dunkle

Glutwelle stieg ihr ins Gesicht, und aufblickend sah Wolf die ganze reine Schönheit seines Weibes, als stünde unter dem Diadem eine Königin vor ihm – »... und ihn lehren, Gottes Gebote nicht zum vergessen, kein Mal«, fügte sie leise mit gesenkten Augen bedeutsam und beruhigend hinzu.

Wolf erhob sich von seinem Sitz, die Erregung seiner Frau flutete auf ihn über und er sagte:

»Gewiera-Lieb, ich versteh dich nicht. Was meinst du? Wer soll uns Arjeh nehmen?«

»Ich weiß es nicht, ich weiß nur, dass er ein andrer geworden ist seit mehr als einem halben Jahr.«

»Er sitzt doch wie immer bei mir im Beth Hamidrasch, er lernt gut.«

»Aber er ist doch anders, ich weiß es – abends in der Kammer brennt sein Licht oft noch, wenn junge Menschen tief schlafen müssen, und er ist blass und manchmal mein' ich, er wollt mir etwas sagen und er kann nicht.«

»Ich werde mit ihm reden.«

»Du wirst es mit Gottes Hilfe gutmachen – aber, Wolf-Leben, noch eine andre schwere Sorge hab ich für Arjeh und für dich und für uns alle.«

»Red' aus, Gewiera-Lieb.«

»Du musst es mir verzeihen, dass ich es sage, aber – wir haben bald kein Brot mehr zu essen, weil du die Leute nicht hören willst wie die Dobriczer Rabbonim doch immer getan haben. Und« – Gewieras Stimme sank zum Flüsterton – »wenn mir nicht oft die Weiber ihren Pidjen gegeben hätten, und ich hätt' nicht die Gulden und Kreuzer in unseres lieben Gedaljes B'rissmiloh-Häubel gebunden und in meinen Strohsack gesteckt – ich hätte nicht mehr, von was Schabbes zu machen.«

Da ging Reb Wolf schwer atmend einige Male im Zimmer auf und ab, schloss die beiden Fenster, blieb wieder vor dem knisternden Lichtchen stehen und wandte sich endlich Gewiera zu.

»Gewiera-Lieb, ich muss dir als meinem treuen Weib etwas Furchtbares sagen: Ich kann nicht wie mein Vater – er ruhe in Frieden – etwas sagen, als von Gott sagen, was Gott mir nicht eingibt zu sagen – ich fühle mich unwert – ich glaube, dass kein Strahl der Schechina auf mich gefallen ist! Meine Seele ist nicht so wie in den Büchern steht und wie die Weisen sagen, dass sie mich zu einem jener Auserwählten machen könnte, die sich durch ihre Seele, die Gott ausgesandt hat, von dem übrigen Volk unterscheide – und darum, Gewiera – ich kann nicht lügen und sagen, dass der göttliche Geist aus meinem Munde spricht – ich darf nicht die Leute zu mir kommen lassen, als zu einem Auserwählten und kann nicht so zu ihnen sprechen.«

»Was heißt das, Wolf-Leben? Hast du denn nicht schon länger als ein Jahr gesprochen und Rat gegeben und geholfen? Meinst du, ich weiß nicht – meinst du, ich hätte nicht gehört und gesehen, wie Reb Nochem – er ruhe in Frieden – schon lange nicht mehr –«

»Still, still, Gewiera-Lieb, was du gehört und gesehen hast, das ist vorbei; es war eine Lüge.«

»Warum eine Lüge, Wolf-Leben? Warum nennst du nun Lüge, was von Gott war?«

»Lass dir sagen, Gewiera-Lieb, wie es war und warum es war und warum es nicht mehr sein darf. Setz dich.«

Reb Wolf setzte sich und begann.

»Du weißt, Gewiera, in welchem Ansehen Reb Nochem bei allen gestanden hat, wie sie von weit und breit gekommen sind, ihn zu sehen, zu hören, sich von ihm segnen zu lassen und wie sein Segen angegangen ist und jedes seiner Worte hat seine Ehre gemehrt. Und ich bin neben Reb Nochem gesessen Jahr für Jahr und war stolz und klein zugleich neben dem Vater, dessen Frömmigkeit und Weisheit ihn zu einem würdigen Gefäße des göttlichen Geistes gemacht hatte. Aber da geschah es, langsam, langsam, dass ich bemerkte, wie Reb Nochem anfing, nicht mehr so gut zu sehen und nicht mehr so gut zu hören; und so wie ich merkte, dass die Tore zur Erkenntnis nicht mehr ganz offen waren, so merkte ich auch, wie das Gedächtnis und die Urteils-kraft – diese köstliche, klare Quelle – nach und nach versagten, und es fasste mich die Angst, dass, wenn die Welt draußen erfahren würde, was ich hab herankriechen gesehen, dass langsam, langsam Ehre und Ansehen für den Vater – er ruhe in Frieden – schwinden würden, und die Leute würden flüstern, und der Strom der Ehrung würde zurück-bleiben und an seiner Stelle würde für meinen teuren, stolzen Vater – sein Andenken sei gesegnet – das Rachmones, das Mitleid kommen. Und wie geschrieben steht: Ehre Vater und Mutter, so heißt dieses Wort nicht nur selbst die Eltern zu ehren, sondern es heißt auch, ihnen zu geben und zu erhalten alle Ehre, die ihnen andre bringen. Und so konnte ich nicht dulden und zusehen, dass der große, geachtete Mann kleiner geworden wäre im Ansehen der Welt. Was konnte ich tun? Ich konnte nichts anderes tun, als den teuren Platz neben ihn nützen, ganz nah zu seinem Ohr zu sagen und zu wiederholen, was die Leute fragten und sagten, ich konnte nichts andres, als erst ihm teutschen und mit ihm klären und dann mein Ohr zu seinem Munde neigen, weil seine Stimme schwach geworden war, und reden und deuten – erst wie er mich geheißen zu tun, und später, als das Licht kleiner wurde, zu reden und zu deuten, wie er geredet und gedeutet hätte, wenn er noch die Kraft dazu gehabt hätte ...«

»Wolf-Leben«, sagte Gewiera, »dass du so getan hast, dass du so hast tun können und eine Mizwoh gehabt hast, die hunderttausend Menschen nicht haben, ist das nicht ein Zeichen, dass schon ein Strahl der Schechina auf dich gefallen ist? Hast du damit nicht schon die Kraft bewiesen, die dein Erbteil ist, wie sie Arjehs Erbteil sein wird? Was soll Arjeh haben, wenn du die Reihe unterbrichst? Du weißt, die Kette geht vom Vater auf den Sohn.«

Reb Wolf stöhnte auf wie in schwerem Schmerz. Gewiera fuhr hastig redend fort:

»Und wenn die Leute kommen werden und werden fragen, dann werd' ich ihnen erzählen von deiner Klugheit und deiner Gutheit und wie schon Hunderte mitgenommen haben deinen Rat ohne es zu wissen, und wie Gott dich schon lange, dich doppelt zu deinem Werkzeug gemacht hat: Reb Nochem hoch zu halten als ein Heiliger wie er war, und doch den Frommen den Quell der Weisheit nicht zu verstopfen – da er nicht mehr sprechen konnte. Sie werden an deine Kraft glauben müssen, wie ich an deine Kraft glaube.«

Reb Wolf schüttelte den Kopf.

»Gewiera-Lieb, meine Seele hat keine Flügel mehr, brennende Zweifel haben sie versengt.«

»Ich verstehe nicht ganz, was du sagst, Wolf-Leben. Bet' wie ich gebetet habe, dass Gott mir den Mut gegeben hat, heute mir dir zu reden, und jetzt bitt' ich dich, geh hinauf in die Kammer zu unserem Sohn Arjeh, zu unserem Kaddisch – Gott erhalte ihn –«

Gewiera und Reb Wolf verließen das Stübel und Reb Wolf ging in ungewisser Sorge und Erregung die dunkle, schmale Holzstiege hinauf.

Die Türe, die zu Arjehs Kammer führte, war nur angelehnt. Reb Wolf öffnete sie leise und blieb stehen. Gegenüber vom Eingang in den winzigen Raum mit den bröckligen Kalkwänden, der schrägen Decke und dem Sparrenwerk, zwischen dem staubiger Spinnweb hing, stand ein schmales Bett; zu Häupten desselben, nicht vier Ellen davon entfernt ein Holzstuhl mit einer kleinen Waschschüssel, einer Kanne und einem schmalen Handtuch. Durch eine Luke drang die glühende Augustsonne. Auf dem Bett saß Arjeh. Er hatte seinen langen Rock abgelegt. Über der schmalen Brust war das Hemd aufgeknöpft und der Leinenstreifen, in dessen vier Ecken die Schaufäden geknüpft waren, hing lose darüber. Das dichte, wellige schwarze Haar mitsamt den Schläfenlocken hatte Arjeh zurückgestrichen. Sein blasses Gesicht zeigte Ähnlichkeit mit der Mutter, die dunklen Augen hielt er eifrig auf ein kleines Buch geheftet und seine Lippen sprachen im Tone naiver Verzücktheit deutsche Verse.

> Aus alten Märchen winkt es
> Hervor mit weißer Hand,
> Da singt es und da klingt es
> Von einem Zauberland.

> Wo große Blumen schmachten
> Im goldnen Abendlicht
> Und zärtlich sich betrachten
> Mit bräutlichem Gesicht –

»Arjeh«, rief Reb Wolf ihn leise an. Arjeh fuhr erschrocken zusammen. Als er den Vater sah, erbleichte er bis in die Lippen. Mechanisch tastete er nach dem Käppchen, das er vielleicht der drückenden Hitze wegen abgelegt hatte, oder das ihm durch eine Bewegung vom Kopfe gerutscht sein mochte. Er bedeckte sein Haupt. Das Herz klopfte ihm bis an den Hals. Er konnte keinen Laut hervorbringen und das kleine Buch entfiel seiner Hand.

Reb Wolf trat an seinen Sohn heran und sagte freundlich und ruhig: »Was ist dir, Arjeh, dass du so erschrickst? Vor deinem Vater brauchst du nicht erschrecken. Die Mutter hat mich geheißen, herauf zu kommen, zu sehen, was du machst.«

»Ich les' – ein deutsches Buch –« Wie das Geständnis eines schweren Verbrechens fiel es von des jungen Menschenkindes Lippen. »Ich hab mich allein deutsch lesen gelernt – das Buch hat ein Jude geschrieben –« Unsicher über den Eindruck, den diese Mitteilung auf den Vater machen würde, erhob sich Arjeh von seinem Sitz auf der Bettkante und wartete mit einem Blick ängstlicher Verschlossenheit auf einen Zornausbruch des Vaters.

»Woher hast du das Buch?«, fragte Reb Wolf in so unerwartet gütigem Ton, dass ihn Arjeh nur der Sabbatweihe zuschreiben konnte. »Du magst es mir sagen, Arjeh«, sagte Reb Wolf, dem nun, von Gewiera aufmerksam gemacht, das blasse, abgemagerte Aussehen seines Sohnes beängstigend auffiel.

»Ich – das Buch – Vater – so du es nun weißt, will ich es dir sagen, und will dir alles sagen, wie es mich presst und was nicht mehr weiter sein kann –« Ein kurzer Husten unterbrach die abgerissenen Sätze.

»Red, Arjeh, red aus, ich hör und später wollen wir zusammen reden. Also, woher hast du das Buch?« Arjeh lehnte sich an die Wand und fing leise und zögernd an zu berichten.

»Unten in dem Schlafsofa, das Feibusch Trödler dem Großvater schon lange geschenkt hat, damit er sich manches Mal sollt' ausruhen können, und auf dem ich doch abwechselnd mit dir, Vater, hab beim Großvater in den Nächten der Krankheit gewacht, ist eine Schublade. Vorn ist sie zugenagelt, aber man kann von oben unter dem Polster hineingreifen – es rutscht und fällt ein, wenn man sich darauflegt – da hab ich Bücher drin gefunden, und in der Nacht hab ich sie mir lesen gelernt. Vater, kein Mensch weiß es –«

Da stieg plötzlich in Reb Wolfs Gesicht eine dunkle Röte auf. Um sie zu verbergen, bückte er sich nach dem kleinen Band, der noch auf dem Boden lag: Heines »Buch der Lieder«.

»Sind noch mehr – sind viele Bücher in dem Schlafsofa?«, fragte Reb Wolf und machte einen Schritt gegen die offene Luke. »Ja, viele, vielleicht zehn oder zwölf, auch mit Bildern von Tieren und Vögeln und Blumen, auch Zeitungen –«

»Hätte man nicht Feibusch müssen die Bücher zurückgeben, wenn er auch nicht von ihnen gewusst hat?«, sagte Reb Wolf, ohne sich zu Arjeh umzudrehen.

»Ja, Vater, und ich hab es auch tun wollen – aber ich hab es verschoben von einer Nacht zur andern und von einem Tag zum andern, und hab immer gedacht, jemand wird die Bücher in der Schublade vergessen haben, er kann sie noch immer verkaufen, und so hab ich gelesen – nicht alle, denn ich hab viele nicht verstehen können, aber eins, das heißt ›Don Carlos‹ und eines heißt ›Märchen‹ und dieses – hab ich mit auf die Kammer genommen – und ich kann mich davon nicht trennen – und Vater, Vater – ich kann es nicht mehr aushalten im Beth Hamidrasch allein – Vater, lass mich hinaus – lass mich, lass mich.« Und wieder hustete Arjeh und wischte mit seinem Tuch über die Lippen, das sich rötlich färbte.

Als Wolf das sah, krampfte sich sein Herz in jähem Schrecken zusammen. Nun verstand er auf einmal Gewieras Angst um ihr Kind, und er wusste, dass sie ihm noch verschwiegen hatte, was sie sicher auch beobachtet und in seiner Bedeutung erkannt hatte.

Arjeh, dessen Seele sich auf einmal durch sein Geständnis erlöst oder doch erleichtert fühlen mochte, warf sich plötzlich schluchzend an des Vaters Brust.

Reb Wolf setzte sich mit ihm auf das Bett, und in beiden ungewohnter Zärtlichkeit strich er über Arjehs feuchte Stirne.

»Vater, ich kann nicht immer nur hier in Dobricz bleiben und lernen. Die Welt muss groß sein und schön – Lotosblumen blühen draußen – wenn ich nicht schlafen kann in der Nacht, dann glühe ich oder friere ich in Sehnsucht nach der Welt draußen, die Schlösser, die Berge, die Jungfrauen zu sehen, mit ihnen zu sprechen in der Sprache, die Prinz Carlos spricht – lass mich fort, Vater – oft wollte ich mit der Mutter reden – lasst mich fort in die große Welt – hier bin ich krank, draußen werd' ich gesund.«

»Arjeh, mein Kind, sei ruhig«, sagte Reb Wolf, und er hatte Mühe, den furchtbaren Schmerz, der ihn packte, zu verbergen. »Leg dich hin und schlaf, ich red mit der Mutter – vielleicht verreist sie mit dir. Ich geh hinunter zur Mutter – schlaf bis Maariw, es ist heiß – nach Maariw wird es kühl sein.« Arjeh streckte sich auf das schmale Bett, Reb Wolf ging zur Türe. »Vater, sei nicht bös, das Buch, ich glaub, es geht ein Kischew von ihm aus – lass mir das Buch, Vater, ob es auch eine Sünde ist – ist es denn eine Sünde, Vater, zu lesen, was so schön ist?«

Reb Wolf überhörte die Frage und gab Arjeh das deutsche Buch! Mit schweren Tritten ging er die Stiege hinunter, dass sie in den trockenen Fugen krachte. Unten erwartete ihn Gewiera in stummer Erregung.

Ohne ein Wort zu sagen, ging Reb Wolf durch den Flur; Gewiera folgte ihm. An der Türe des Stübel drehte sich Reb Wolf um – einen Augenblick sahen sich beide in die Augen und sie erkannten gegenseitig den Schmerz des andern. – Wortlos verschwand Reb Wolf in seinem Zimmer und Gewiera stieg die Treppe hinauf zu Arjeh.

An jenem Augustabend wurde es spät, bis mit dem Aufgehen der ersten drei Sterne am Himmel die Männer im Stübel zum Abendgebet zusammentraten.

Reb Wolf feierte dann in ernster Ruhe die Hawdala, den Übergang von Sabbat zum Alltag durch Segenssprüche über eine Mischung duftender Gewürze, über ein aus mehreren dünnen Wachsfäden geflochtenes Licht, das mit Wein gelöscht wurde (ein kleiner Bub durfte es hoch halten, »damit er hoch wachse«) und durch ein Lied von schöner alter Melodie. So wurde es ungefähr zehn Uhr abends. Im Stübel auf dem langen Tisch brannte eine Petroleumlampe. Da öffnete Reb Wolf, als er wieder allein war, die Türe und rief Gewiera.

Diese hatte ihr Sabbatkleid abgelegt und über das Stirnbindel ein dunkles Tuch gebunden. Sie hantierte in der Küche, ohne den schwer sorgenvollen Ausdruck ihres Gesichtes durch Zwang zu verschleiern, und sprach begütigend mit einer jungen Frau, die ihr von ihrem Kummer sprach und gar gerne vom Rebben Rat und Segen erbeten hätte. Auf den Ruf ihres Mannes trat Gewiera klopfenden Herzens in das Zimmer, denn sie ahnte eine wichtige Entscheidung. Reb Wolf stand an der Schmalseite des Tisches mit gesenktem Haupte, und ohne einen Eingang zu seiner Rede zu suchen, sagte er mit rauer, trockener Stimme: »Gewiera-Lieb, ich mein, du wirst mit unserem Arjeh müssen zum Professor nach Wien reisen.« Jetzt konnte Gewiera ein Aufschluchzen nicht mehr unterdrücken.

»Wenn soll ich fahren – und – mit was soll ich fahren? Es kostet doch Geld.« Sie sprach es leise, als fürchtete sie, dem geliebten Mann mit der Frage nochmals weh zu tun.

Da wandte Reb Wolf sich Gewiera zu und mit steinerner Bestimmtheit: »Ich mein, du wirst in zwei oder drei Wochen fahren können, –

denn was ich aus Verehrung für den Vater getan hab, das werd ich auch für Arjeh tun – um ihn am Leben zu erhalten – deinen und meinen Sohn.«

»Gelobt sei Gott«, sagte Gewiera.

»Und sage draußen«, fuhr Reb Wolf tonlos fort, »dass ich heute um zwölf Uhr in der Nacht da sitzen werde, um Rat zu geben wer ihn will und zu helfen nach der heiligen Tora und nach meinem besten Verstand.«

»Gelobt sei Gott, der stark ist, Wunder zu tun«, sagte Gewiera mit verklärtem Antlitz.

»Und sorge, dass vor zwölf Uhr niemand an die Tür kommt – ich muss allein sein.«

»Niemand wird deine Kewone stören.« Gewiera schlüpfte zur Türe hinaus und Reb Wolf drehte mit fester Hand hinter ihr den Schlüssel zweimal herum. Dann ging er an die Fenster, schloss sie und ließ die sonnenverbrannten Rollos herunter, sorgfältig prüfend, ob auch kein Spalt einem neugierigen Auge dienen könne.

Dann wandte er sich dem Ledersofa zu. Mit geübtem Griff hob er das Schrägpolster ab und griff in den Hohlraum, von dem Arjeh ihm gesprochen hatte, und mit ebenso sicherem Griffe holte er einige Bücher hervor und legte sie auf den Tisch, drei, vier Bände. Er setzte sich, schlug sie auf und blätterte; an gewissen Stellen lagen Zeichen. Fast hätte Reb Wolf sich wieder vertieft, wie er es oft in langen Nächten schon getan. Ein Band Spinoza, ein Band Voltaire, Rousseau und ein Band, den er noch wie in besonderer Verehrung festhielt, »Faust«. Die Rathausuhr schlug elf. Reb Wolf erschrak. Er stand auf, mit einem Ruck, zur Ausführung eines schweren Vorhabens. Er ging auf den Ofen zu, öffnete das Heiztürchen und dann riss er mit fester Hand einige Blätter aus einem der Bände, hielt sie an die Flamme des kleinen Seelenlichtes, das zu Reb Nochems Gedächtnis brannte, und das nun wie frohlockend auflohte, und warf Blätter und Buch in den schwarz und wie gefräßig aufgerissenen Rachen. Und so tat Reb Wolf mit all den Büchern, die seiner gläubigen Seele die Flügel genommen und sein Herz mit Zweifeln erfüllt hatten. Trockenen Auges sah er zu, wie die Flamme leckte, die Blätter sich kräuselten und verkohlten und in einem leichten Rauchsäulchen in nichts zerstieben. Reb Wolf starrte in die züngelnde Lohe und in die glimmende Asche, bis sie grau und tot dalag, als Zeuge eines schweren, schweren Opfers.

Und nach und nach fing es an, in der warmen Sommernacht auf der Straße draußen lebendig zu werden. Schritte tönten, halblautes Reden scholl. Menschen sammelten sich vor dem kleinen Hause. Erwartungsvoll und mit beklommener Ehrfurcht blickten viele nach dem Schein der Lampe, der gedämpft aus den Fenstern des Stübels auf die Straße fiel, und die Dobriczer Juden waren glücklich, weil sie wussten, dass sie wieder ihren Wunderrabbi hatten.

Der Erlöser

1916

Mitten im belebtesten Osten Londons und doch abseits von dem lauten geschäftlichen Treiben steht ein stilles Eckhaus. Auf den ersten Blick unterscheidet es sich kaum von den andern Häusern der Reihe, deren Ende oder Anfang es bildet. Ein roter Ziegelbau mit drei Fenstern Front; im Erdgeschoss nur zwei Fenster und eine grün gestrichene Eingangstür, zu der einige Stufen hinaufführen. So geht es die ganze Straße entlang, eintönig und ohne jede Individualität; aber als unendlich oft sich wiederholender Typus wird gerade diese Gleichförmigkeit zur charakteristischen Eigenart der Stadt.

Bei näherem Zusehen unterscheidet sich das Eckhaus doch in gewissen Einzelheiten von der ganzen Straßenflucht: Die Fenster sind blanker geputzt als in der ganzen Nachbarschaft, ebenso der Klopfer an der Türe und der Knopf an der Hausglocke. Die beiden Parterrefenster sind mit blütenweißen Mullfalten verhängt, und einige Töpfe wohlgepflegter Blattpflanzen scheinen denjenigen, der die Stufen betritt, ernst und freundlich zu begrüßen.

Rechts unter dem Fenster zunächst dem Treppenaufgang hängt eine große schwarze Tafel, auf der in deutlichen Buchstaben in Englisch und Jiddisch zu lesen ist, wann in diesem Hause, unentgeltlich für jedermann, ärztliche Sprechstunden abgehalten werden, wann Unterricht in Lesen und Schreiben erteilt wird, wann Bibelstunden stattfinden und wann Gottesdienst ist.

Das Haus ist eines der vielen Missionshäuser Londons, die den Zweck haben, Juden, Männer, Frauen und Kinder, zum christlichen Glauben zu bekehren und darum findet sich auch sowohl in lateinischen als in den Zeichen der hebräischen Quadratschrift in einem Halbkreise über der Eingangstür der Gruß: »Friede sei mit dir«.

Es ist leicht begreiflich, dass in diesem Ostende Londons, wo sich das Judenelend oft so hart und grausam zeigt, wie in manchem galizischen Dorfe, »Bekehrungen« häufig sind; fangen die Bekehrer doch ihre Missiontätigkeit immer damit an, dass sie den leiblichen Bedürfnissen jener entgegenkommen, deren Seele sie für das ewige Heil gewinnen wollen. Darum ist auch die ärztliche Sprechstunde, die Abgabe von Medikamenten und das Gewähren von Unterstützungen in jeder Form der erste und wichtigste Angelpunkt der Missionstätigkeit. In zweiter Reihe kommt dann für die zukünftigen Christen die Möglichkeit, in warmen, geschützten Räumen zu sitzen und durch Unterricht in Lesen und Schreiben die Anfangsgründe für eine Geistestätigkeit in sich aufzunehmen, die von den Juden stets als der Anfang einer menschenwürdigen Existenz erkannt und als der Beginn aller Entwicklungsmöglichkeiten geschätzt werden.

Dass es, soweit es nicht die allerärmsten, sicher keine guten jüdischen Elemente sind, die sich im Missionshaus bekehren lassen, sondern dass viele aus dieser Bekehrung ein bequemes Geschäft machen, ist bekannt; doch mögen unter den Personen, die mehr oder weniger scheu oder zuversichtlich die kleine Treppe zum Missionshaus hinaufgehen, manche sein, deren Herz und Fantasie im schweren Alltag mehr darben als ihr Leib.

Für manche Menschen, die nicht stark genug sind, das Gute um des Guten willen zu tun oder die nicht von der rein geistigen Gottesidee der jüdischen Lehre durchdrungen sind, hat der Gedanke, das Gute einem Dritten – Christus – zuliebe zu tun, eine große tragende Kraft. Für andere kann das Sinnfällige der christlichen Religion mit ihren deutlichen Versprechungen und Verheißungen etwas sehr Anziehendes und Tröstliches haben.

Viele solcher reiner Schwärmer wird es aber unter den Bekehrten nicht geben; doch wenn man ihrer begegnet, die weder sich noch andere in ihrem neuen Glaubensbekenntnis belügen, dann soll man sie, weil sie schwächer sind als der Stamm, dem sie entsprossen, nicht mit denen verachten, die aus Nützlichkeitsgründen über die Religionslüge der Majorität zulaufen. Jedoch ist den Führern und Lehrern der jüdischen Gemeinden aller Orte der Vorwurf nicht zu ersparen, dass sie dem Ritual und den Formen der jüdischen Religion allzu sehr und allzu lange als unzerreißbares Bindeglied vertrauten. Sie versäumten darüber, den heranwachsenden Generationen den geistigen Inhalt des jüdischen Glaubensbekenntnisses frisch, einleuchtend und so teuer zu erhalten, dass die Stammesgenossen als wie um eine Standarte darum geschart geblieben wären.

Was man nicht kennen und nicht schätzen gelernt hat, gibt man leichten Herzens auf. Der Jude schüttelt ein unbequemes Ritual ab, das ihm nicht mehr der schützende Zaun um einen herrlichen Garten, sondern eine beengende Gefängnismauer ist.

Doch mancher getaufte Jude ist erstaunt, wenn er erfährt, dass er im Christentum vermenschlicht liebt, was das Judentum rein geistig der Welt geschenkt hat: das »du sollst«.

Da die jüdischen Frauen bezüglich der Religionsbelehrung von jeher vernachlässigt waren, und die Fantasie der Frauen im Allgemeinen regsamer, ihr Bedürfnis nach praktischer Liebestätigkeit größer ist als die des Mannes, so findet die christliche Missionstätigkeit unter Frauen und Mädchen auch leichter ihre Medien.

Am erfolgreichsten aber wird sie in London unter denjenigen Kindern des Ostendes betrieben, die verwaist und verwahrlost von den Fluten der Millionenstadt haltlos herumgeworfen werden.

Die Missionare, männliche und weibliche, haben Erfahrung und einen guten Blick für die jungen Menschen, die verlassen in den unsauberen Straßen und Winkeln teils beschäftigungslos herumlungern, teils über ihre Kraft angestrengt und ausgebeutet widerstandslos und wehrlos jeder Beeinflussung ausgesetzt sind.

Die Missionshäuser sind natürlich in einem gewissen Umkreis bekannt und werden von der großen Mehrheit der jüdischen Bevölkerung mit Misstrauen angesehen als Orte, wo schon »manches jüdische Kind zum Goj gemacht worden ist«. Für viele hat das Missionshaus eine Art von gruseligem Interesse.

Zu diesen gehört auch der junge Wolf Wasserschierling, in dessen jungem Leben es schon eine Episode gebildet hatte.

Wolf war das Kind russisch-jüdischer Emigranten. Der Vater hatte die Mutter mit drei Kindern verlassen und war nach Amerika gegangen. Anfangs war die Mutter von dem Gedanken aufrecht gehalten, dass der Vater Schiffskarten schicken würde, um seine Frau mit den Kindern nachkommen zu lassen. In dieser Erwartung arbeitete sie Tag und Nacht in einer Bar, dann wurde sie krank. Wolf, ein intelligenter Junge von dreizehn Jahren, half der Mutter Geld verdienen. Aber alle Pennies, die er für Gläserschwenken, Botengänge und Hilfeleistungen aller Art nach Hause brachte, genügten nicht, des Lebens Notdurft für vier Menschen herbeizuschaffen.

In dem schmutzigen, kalten Winkel, den die Familie bald verlassen sollte, weil die Miete nicht bezahlt war, starben erst die kleinen Zwillinge und dann die Mutter. Wolf wusste nicht woran, nur dass es eine ansteckende Krankheit war, wusste er. Als man die Mutter tot forttrug, da meinte Wolf, dass er nun auch todkrank werden müsse. Er setzte sich allein hin, wortlos, tränenlos und wartete, dass er bald sterben werde. Niemand im Hause bekümmerte sich um den Knaben. Er saß stundenlang auf einem Bündel Lumpen, aber er starb nicht. Er schlief ein, und als er erwachte, da fühlte er nichts als furchtbaren, nagenden Hunger, der machte ihn seinen Vorsatz, auf den Tod zu warten, vergessen.

Wolf nahm das kleine Gebetbuch, das auf der Fensterbank dort lag, wo die Mutter zuletzt gesessen hatte, und steckte es in die Tasche; es war das kleine dicke Bändchen, aus dem er die Mutter immer »oren«, beten gesehen hatte.

Dann wickelte er seinen Schal um den Hals, stülpte seine Mütze auf und ging fort, um, trotzdem die Laternen schon recht mühsam durch den Abendnebel blinkten, Arbeit zu suchen, seinen Magen zu befriedigen.

Als er zwischen den Läden und Karren seine Blicke umherschweifen ließ und sich mit der Energie des Hungers zu irgendeinem Dienst anbot, fühlte er sich plötzlich an der Schulter berührt. »Du hast heute noch keinen Tee gehabt, Wolf Wasserschierling.« Wolf blickte den fremden Mann, der ihn angeredet hatte, erstaunt an. Dieser fuhr fort: »Ich wohne nicht weit von hier und weiß, dass deine Mutter gestern begraben wurde. Nun sorgt wohl niemand für dich?«

»Haben Sie Arbeit für mich? Soll ich etwas für sie holen oder tragen?«, fragte Wolf, indem er sich bemühte, aufsteigende Tränen zu unterdrücken.

»Gewiss, ich habe Arbeit für dich. Komm nur mit mir.«

Diese Versicherung veranlasste Wolf, mit dem Fremden zu gehen, der in geschickter Weise das Gespräch mit dem Knaben fortsetzte.

»Kannst du englisch lesen und schreiben?«

»Nein, nur jiddisch.«

»Möchtest du nicht gerne englisch lesen und schreiben lernen?«

»O ja. Ich möchte lesen können, – Plakate, Zeitungen, Bücher –«

Wolfs Augen leuchteten auf bei dem bloßen Gedanken. »Aber ich muss Geld verdienen.«

»Man kann aber besser Geld verdienen, wenn man englisch lesen und schreiben kann«, sagte der freundliche Mann.

»Ja«, bestätigte Wolf, »neben uns hat ein Mann gewohnt, der hat sogar nur dadurch, dass er englisch lesen und schreiben konnte, viel Geld verdient, denn alle jüdischen Leute aus der Nachbarschaft sind zu ihm gekommen, wenn sie etwas haben schreiben oder lesen wollen. Aber Bücher lesen muss noch schöner sein.«

Wolf sprach in dem bekannten Gemisch von englisch und jiddisch. Sein Begleiter verstand ihn mühelos und bediente sich ab und zu auch eines Wortes oder einer Wendung in diesem Idiom, was Wolf das beruhigende Gefühl gab, es mit einem jüdischen Glaubensgenossen zu tun zu haben, trotzdem das rasierte Gesicht, Rock, Weste und Kragen ihm einen befremdlichen Eindruck machten.

»Ja, Bücher lesen ist schön – besonders schön ist es, die Bibel zu lesen.«

»Die Bibel kann ich lesen«, sagte Wolf stolz, »das habe ich noch in Russland gelernt. Das können bei uns alle Knaben. Ich kann sogar das ganze T'nach auswendig.«

»Sehr gut. Aber es gibt noch eine Fortsetzung des Testaments, die Erfüllung dessen, was die Propheten verheißen, die ist noch schöner als das alte Testament«, sagte der Missionar, ein getaufter Jude.

»Welches Buch ist das?«

In dem kleinen russischen Chederschüler regte sich trotz Hungers und Kummers die Lust zu diskutieren und auch ein wenig die Lust, sein Licht leuchten zu lassen.

»Wenn du willst, werde ich dir morgen davon erzählen.«

Während sie so sprachen, hatte der Herr unmerklich die Führung übernommen. Im dichten Gedränge legte er dem Knaben die Hand auf die Schulter, damit ihn der Menschenstrom nicht von seiner Seite reißen konnte.

Sie hatten die Geschäftsstraße mit ihren Läden, Buden und Karren, die in Petticoat Lane von eigentümlichen offenen lohenden Flammen grotesk beleuchtet sind – mit ihrem Rufen und Schreien, Bieten und Feilschen rasch verlassen und waren, in dunkle Nebenstraßen biegend, an einem ruhigen Eckhause angekommen. Der Herr schritt die Außentreppe voran und Wolf sah im Dämmerlicht einer Laterne flüchtig auf einer im Spitzbogen ausgeschnittenen schwarzen Tafel weiße hebräische Buchstaben.

Er war zufrieden, in einem, wie er meinte, jüdischen Hause Arbeit zu bekommen.

Der Klopfer hatte nur ganz leise angeschlagen, da wurde die Türe schon von einer »Matron«, Hausmutter, in der üblichen Tracht mit weißer Schürze und Häubchen geöffnet.

»Guten Abend, Mr. Newman.«

»Guten Abend, Schwester Maria. Ich bringe einen kleinen Gast, der vor allem Tee haben soll.«

»Er sei willkommen in diesem Hause«, sagte die Schwester und verschwand.

Herr Newman führte Wolf einen schmalen Hausgang entlang, und der wusste gar nicht, wie rasch es geschah, da saß er in einem – wie er glaubte – riesengroßen Raum an einem langen Tisch mit blankem Wachstuch belegt, und vor ihm stand eine Tasse Tee und ein großes Stück weißes Brot lag daneben.

»Lass es dir schmecken, mein Junge«, sagte Herr Newman.

Wie er es gewohnt war, hatte Wolf seine Mütze auf dem Kopfe behalten und sprach, bevor er von dem Brote biss, den hebräischen Segensspruch. Gierig trank und aß Wolf dann; und während ihn der Tee mit behaglicher Wärme durchströmte, las er an der in heller Ölfarbe gestrichenen Wand ihm gegenüber gleichfalls in hebräischen Buchstaben die Worte: »Gott ist die Liebe« und »Kommt her zu mir, die ihr mühselig und beladen seid«.

Herr Newman beobachtete ihn.

»Diese schönen Sprüche und noch viele andere, die du lesen lernen sollst, stehen in der Bibel«, sagte er.

»In der Bibel?«, fragte mit erstaunt ungläubigem Ton der kleine russische Schriftgelehrte.

»Ja, in der schönen Fortsetzung, von der du morgen hören wirst, wenn du gerne Englisch lernen willst.«

Wolfs Tasse war leer.

»Welche Arbeit soll ich jetzt tun? Soll ich der Frau in der Küche helfen? Das kann ich sehr gut.«

»Nein, Wolf, heute nicht. Bist du nicht sehr müde?«

26

»Ja, aber ich habe kein Geld für den Tee.«

»Das tut nichts. Morgen wirst du arbeiten und auch anfangen lesen und schreiben zu lernen. Heute gehst du oben zu Bett und schläfst deine müden Augen munter.«

Und wieder ohne irgendwelches Bedenken und den geringsten Widerstand ging Wolf mit Herrn Newman zwei Treppen hinauf und fand sich bald in einem Raume, der dunkel und nicht zu übersehen war, da nur durch die Türspalte etwas Licht auf ein Bett fiel.

»Ist das Bett für mich allein?«, fragte Wolf.

»Ja, für dich allein«, sagte Herr Newmann.

Wenige Minuten später streckte Wolf seine Glieder und schlief, vom Weinen und Hungern erschöpft, fest ein, zum ersten Mal in seinem Leben in einem Bett allein mit einem Kissen und einer Decke, die ihm niemand streitig machte, aber auch zum ersten Mal hatte er an sein Nachtgebet vergessen und an die Erzengel Michael, Gabriel und Rafael, die sein Lager umstehen sollten.

Am andern Morgen erwachte Wolf. Seine Augenlider waren noch schwer und geschlossen, als die Erinnerung an die Ereignisse des vergangenen Tages sich wieder einstellten, und mit einem Ruck fuhr er in die Höhe.

Da sah er sich in einer nicht sehr großen Kammer, in der noch zwei Betten unbenützt standen.

Graues Morgenlicht fiel zu dem Fenster herein und in einer Ecke – Wolf wusste nicht, ob es Wahrheit oder Traum sei – lehnte im dämmerigen Halbschatten der gesenkte Kopf eines bärtigen Mannes; der Knabe blickte mit klopfendem Herzen näher zu – der Kopf saß auf einem geblichen nackten Leibe, die Arme waren ausgebreitet – der Mann stand nicht, er schwebte, eine Wunde in der Brust schien zu bluten, sie atmete nicht –

Eine furchtbare Beklemmung überfiel den Knaben.

Er blickte die Erscheinung starr an, da sah er hinter dem menschlichen Körper das Gerüst des Kreuzes in braunem Holze sich von der Wand abheben, er sah die Nägel und Wundmale an den Händen und Füßen des gekreuzigten Christus. Wolf schauderte. Wann, wo hatte er diese Erscheinung schon einmal gesehen? Er stierte in die Ecke. Zu Hause war es, in Russland, an dem Tage, da die Christen das Häuschen zerschossen hatten, in dem die Eltern wohnten – da hatten sie auf der

Straße auch so ein Kreuz aufgerichtet. »Das ist der Gott der Christen«, hatte die Mutter gesagt und hatte ihre Hand auf die Augen des Knaben gelegt, während sie zitternd aus einem Kellerloch sahen, wie Juden in der Straße gemartert und getötet wurden.

Wogendes Getümmel zog an den Fenstern vorbei. Auf einmal war die Mutter wie leblos zu Boden geglitten. Draußen hatten die bluttrunkenen Christen einen Judenknaben vor das Kruzifix geschleppt und ihn gezwungen, davor zu knien. Da sprang der Vater des Knaben herbei und stieß ihm ein Küchenmesser in den Rücken; im nächsten Augenblick waren Vater und Sohn gesteinigt und zertreten.

Wolf hatte sehr rasch seine Schlaftrunkenheit abgeschüttelt. Es wurde ihm plötzlich bang zumute. Da sprang er mit gleichen Füßen aus dem Bett, bückte sich nach den vertretenen, zerrissenen Zugstiefeln, die er – er erinnerte sich gar nicht daran – am Abend vorher mit der Jacke abgestreift hatte, und da fand er auf dem Boden aufgeschlagen an der Stelle, die am meisten gelesen war, der Mutter Gebetbuch. Das Blatt gebräunt, die Ecken vergriffen, in großem Druck aus dem übrigen Text deutlich hervortretend: »Schema Jisroel adonai elauhenu adonai echot.«

Da war es Wolf, als höre er die mahnende, warnende Stimme seiner Mutter. Er nahm das Buch, küsste das Blatt, wie es die Mutter so oft getan, zog seine Jacke an, steckte das Buch wieder in die Tasche, nahm die Stiefel in die Hand und auf bloßen Sohlen, nur von dem einen Gedanken beherrscht, aus einem Hause zu fliehen, in dem er plötzlich eine große Gefahr ahnte, schlüpfte er aus dem Zimmer und glitt die Treppen hinunter. Es war noch früh, niemand sah den Jungen, die Haustüre stand offen, draußen kniete ein Mädchen und bürstete die steinernen Stufen.

Behänd sprang Wolf zwischen Wassereimer und Putzlumpen durch, und ehe sich das Mädchen besonnen hatte, war der Junge um die nächste Ecke verschwunden. –

Wolf lebte nun wie hunderte Jungen seines Alters in London. Arbeit, Ernährung, Nachtlager – alles unsicher, alles von Zufällen abhängig. Er trug Plakate durch die Straßen, wichste Stiefel, solange der glückliche Kapitalist, der sich das nötige Putzzeug hatte anschaffen können, im Wirtshaus saß, er half dem Italiener an seinem Eiskarren, hütete einen Obstkarren, wühlte und räumte in den Läden der Althändler und war überall wohlgelitten, denn seine behände Umsicht und seine flinken kräftigen Hände ergänzten sich. Je nach Gelegenheit schlief er in einer Küche, in einem Laden, unter einem Torbogen und aß so viel oder so wenig es gerade sein mochte, tunlichst nach Observanz der jüdischen Ritualgesetze, wie sie ihm von der Mutter eingeprägt worden waren. Nur eines bildete eine gewisse Regelmäßigkeit in dem absolut disziplinlosen Leben des Knaben: Welcher Erwerb ihn auch durch die Straßen Londons trieb, er kam immer wieder in Pausen von wenigen Tagen in die Nähe des Missionshauses.

Dann konnte er stundenlang an einer Straßenecke stehen und von Weitem die Treppe im Auge behalten, um zu beobachten, wer zu gegebenen Zeiten in dem Hause aus- und einging. Er sah, dass jüdische Frauen mit Kindern sich immer wieder einfanden, er sah halbwüchsige junge Leute und sah auch, meist wenn es dunkelte, alte bärtige Juden hinter der grünen Türe verschwinden.

Diese Beobachtungen versetzten Wolf stets in eine gewisse Erregung. Er hätte auf die Leute zugehen und sie warnen mögen vor einer drohenden Gefahr. Aber wie konnte er?

Einmal war er einer Frau mit einem Kind nachgegangen und hatte sie gefragt, was sie in dem Hause dort tue.

Sie und das Kind seien an den Augen krank, der Doktor da drin sei sehr gut und geschickt und die Frau mit der weißen Haube habe versprochen, ihr weiter zu helfen.

»Und sonst?«

»Nichts.«

Ein andermal hatte er Mut gefasst und einen alten Mann, den er zu kennen glaubte, gefragt, ob er in jenem Hause Geschäfte habe.

»Was geht es dich an, womit ich meinen Unterhalt verdiene«, brummte der Alte, setzte seinen Hut tief in die Stirne, blickte Wolf mürrisch über die Achsel an und ging rasch weiter. Nach einigen Schritten kehrte er um und rief Wolf die Frage zu:

»Bist du schon Barmizwoh?«

»Ja!«

»Nun, also wenn du allein willst, kannst du da drinnen Geld verdienen – man kann alles hören und probieren.«

»Reb Schmul, man sagt, in jenem Haus werden die Juden zu Gojim gemacht?«

»Chammer, seh ich aus wie ein Goj?«, kicherte der Alte in seinen langen Bart und ließ Wolf stehen.

Eines Nachmittags um die Osterzeit hatte es Wolf Wasserschierling, der in diesen Tagen gerade Zeitungsverkäufer war, wieder mächtig auf seinen Beobachtungsposten gezogen.

Da sah er ein kleines Mädchen von etwa zehn Jahren leichtfüßig die Treppe herunterspringen und um die nächste Ecke biegen. Wolf folgte ihr, denn an der Art, ein Tuch um den Kopf zu tragen, an dem dunklen lockigen Haar, das ihr wirr ins Gesicht hing, am Schnitt der lebhaft und begehrlich blickenden Augen und durch jenes unbeschreibliche Stammgemeinschaftsgefühl, das die Juden instinktiv verbindet, wusste Wolf, dass es ein jüdisches Mädchen war.

Er rief es an, es blieb stehen.

»Du bist doch ein jüdisch Kind«, sagte Wolf ganz unvermittelt zu der Kleinen, »was machst du im Haus bei den Gojim? Warst du schon oft da drin?« Er deutete mit dem Daumen nach rückwärts auf das Missionshaus.

»O ja.«

»Was machst du dort?«, fragte Wolf inquisitorisch weiter.

»Ich lerne lesen und nähen und –«

Wolf hatte, sein Zeitungspaket im Arm, der Kleinen den Weg vertreten und sprach eifrig auf sie ein.

»Weiß deine Mutter, wo du lernst?«

»Ich hab keine Mutter.«

»Weiß es dein Vater?«

»Ich hab auch keinen Vater.«

»Und keinen Bruder, keine Schwester?«

»Keinen Bruder, keine Schwester. Ich bin bei der Muhme Rifke, die schimpft mich einen Mamser und schlägt mich, wenn ich nicht so viele Pennies bringe, wie sie meint.«

»Du bist doch noch zu klein, um viel zu arbeiten.«

»Tu ich auch nicht. Wenn ich barfuß stehe, bekomme ich mehr; dann verlangen die geputzten Kinder von ihrer Mutter einen Penny für mich. Aber ich gebe der Muhme Rifke nicht alles«, sagte die Kleine mit einer hässlichen Grimasse. »Wenn ich so viele Pennies habe, kauf ich mir auch braune Stiefel und braune Strümpfe wie die reichen

Kinder haben. Und wenn die Muhme Rifke schimpft, dann trete ich sie und kratze.«

»Wie heißt du?«

»Reisle, aber die Lehrerin da drüben hat gesagt, wenn noch ein paar Wochen um sind, da würde ich Mareia heißen. Mareia ist viel schöner als Reisle. Und wie heißt du?«

»Wolf.«

»Hu, hu, Wolf«, schrie die Kleine auf einmal unvermittelt; stieß Wolf an den Ellbogen, dass ihm die Zeitungen entglitten und während er sich bückte, sie aufzuheben, riss sie ihm die Mütze vom Kopf, warf sie mitten in die Straße und fort war sie. –

Seit seiner Begegnung mit Reisle war Wolf noch viel öfter auf seinem Beobachtungsposten und es entwickelte sich ein ganz eigentümliches Verhältnis zwischen den Kindern.

Wolf hatte anfangs die Absicht gehabt, Reisle von ihren Besuchen im Missionshaus abzuhalten, denn er wusste es nun ganz genau, dass man dort, trotzt der hebräischen Buchstaben über der Haustüre und auf der Tafel, jeden jüdischen Besucher dazu bringen wollte, den Christenglauben anzunehmen.

Wolf war dieser Gedanke peinlich. Das »Abtrünnigwerden« hatte er von frühester Kindheit an als etwas Verächtliches bezeichnen gehört, das man mit aller Kraft innerhalb der Gemeinschaft verhindern müsse. Aber es war noch mehr als das: Der Knabe trug seit jenen Schreckenstagen in Russland einen förmlichen Hass im Herzen gegen den christlichen Gott, der rauben und plündern lässt und die Juden in die Welt jagt und sie darben lässt.

Wolf hoffte im Stillen zuversichtlich, dass es eines Tages irgendwo zu einem furchtbaren Kampf kommen werde zwischen dem sichtbaren Gott der Christen und dem unsichtbaren Gott der Juden und zu diesem Kampfe müssten alle Juden gerüstet sein; jeder Streiter werde in diesem Kampfe wertvoll sein, und der Gott der Juden würde seinem Volke zum Siege verhelfen »mit starker Hand und mit ausgestrecktem Arme«, wie es geschrieben steht. Auch Reisle dürfe für diesen Kampf nicht verloren gehen, da sie doch auch ein Kind des Stammes sei, dem der Einzig-Einige Treue um Treue versprochen hatte.

Aber anderseits beobachtete Wolf an dem kleinen Mädchen auch, nachdem sie nur kurze Zeit im Missionshaus »schreiben und lesen lernte«, eine auffallend günstige Veränderung, die es ihm trotz aller Bedenken wertvoll erscheinen ließ, dass die Kleine gerade in diese Schule ging. Reisle trug ganz bald kein Kopftuch mehr; auf dem nun glatt gekämmten Haar, das in zwei langen Zöpfen fest geflochten war, saß eine saubere Stoffmütze; ihre Art sich zu bewegen wurde ruhiger, die ganze kräftige ursprüngliche Frechheit war verloren gegangen. Das gefiel Wolf; denn er wusste, dass seine Mutter diese Unarten an den eigenen und an fremden Kindern immer sehr gerügt hatte, und er wusste auch, dass die Kinder in der jüdischen Freischule nicht so schnell, so glatt und sauber und hübsch wurden. Der Junge, den das Schicksal, als russisches Judenkind geboren zu sein, die Liebe einer klugen Mutter und die Beobachtungen des Londoner Straßenlebens zu einem frühreifen kleinen Lebenskünstler gemacht hatten, war vernünftig genug einzusehen, dass Reisles neue Art die bessere, kultiviertere war.

Das Misstrauen gegen das Missionshaus verließ ihn darum nicht, doch glaubte er die Lage für Reisle dahin ausnützen zu können, dass er sie dort so lange ruhig aus- und eingehen ließ, bis nach allerlei Anzeichen die Gefahr der Bekehrung und der Taufe wirklich eintreten würde. Mit einer gewissen Überlegenheit, die sein Alter weitaus überschritt, richtete er es, selbst bei Verlust in seinem jeweiligen Erwerb, so ein, dass er Reisle traf, wenn sie aus der Schule kam. Er ließ sich dann immer ausführlich erzählen, was sie im Missionshaus gelernt und getan hatte. Danach schien ihm der Unterricht ganz ungefährlich, denn die suggestive Gewalt der Judenmissionare machte sich draußen nicht anders geltend, als gerade in den Erscheinungen, die Wolf so wohl gefielen.

Während dieses stillen Kampfes, der um Reisle geführt wurde, schlossen die Kinder eine Art von Freundschaftsbund, der für Reisle auch insofern von praktischer Wichtigkeit war, als Wolf der Muhme Rifke seine Arbeitskraft jeden Freitag unter der Bedingung für gewisse häusliche Verrichtungen zur Verfügung stellte, dass sie das »Mamserchen« die Woche über nicht schlug.

Eines Tages, die Kinder saßen wie oft plaudernd in der Nähe einer Baustelle, wo allerlei Material aufgehäuft lag, auf einem Stoß von Brettern, da überraschte Reisle Wolf mit der Bitte, er möchte nicht mehr für sie zur Muhme Rifke gehen.

»Warum?«, fragte er erstaunt. »Wenn ich nicht für dich arbeite, dann wird sie dich doch wieder mehr schlagen.«

»Das macht nichts«, sagte die Kleine mit altkluger Bestimmtheit. »Das ist eine Prüfung für mich. Je schlechter es mir jetzt geht, desto besser wird es mir später gehen.«

»Wann später?«

»Wenn ich gestorben bin, im Himmel.«

»Wenn du gestorben bist? Wenn man gestorben ist – in jener Welt – können einem vor Gott nur die Guttaten helfen, die man getan hat, die sprechen für uns.«

»Nein, es spricht auch für uns, der von Gott auf die Erde geschickt worden, um für alle Menschen zu leiden und zu sterben.«

»Wer ist von Gott geschickt worden?«

»Der Messias.«

»Der Messias wird erst kommen, wenn alle Menschen nach der heiligen Tora leben.«

»Der Messias ist gekommen. Es ist Christus, der Gottessohn, der alles Leid auf sich genommen hat und für uns gekreuzigt worden ist.« Reisle sprach diese lehrhaften Sätze mit ernstem Gesichtchen in mechanischem Tonfall.

»Reisle«, schrie Wolf und sprang auf, »Reisle, bist du – getauft?«

»Ja, Wolf, und ich heiße nun Mareia.«

»Wer hat dich gezwungen, eine Abtrünnige zu werden?«

»Niemand hat mich gezwungen, der Geist ist über mich gekommen, und ich liebe Christus, der gesprochen hat: ›Kommet her zu mir alle, die ihr mühselig und beladen seid, ich will euch erquicken.‹«

»Reisle –«, schrie Wolf –

»Mareia«, verbesserte das Mädchen mit Würde.

»Wie kannst du glauben, dass Gott, der unsichtbare Einzig-Einige, einen Sohn hat, der wie ein Götzenbild auf der Straße stehen oder an der Wand hängen kann! Kann das, was Menschenhände machen, ein Gott sein? Reisle, was nützt es, dass du englisch lesen kannst, wenn sie dir auf Englisch eingegeben haben, dass du die Lehre von unserm Gott, vom Gott der Juden vergessen sollst!«

»Ich habe nichts vergessen. Ich habe nichts gespürt von einem Gott. Die Muhme Rifke hat nur gesagt, was ich essen soll und was verboten ist zu essen, aber was zum Munde eingeht ist keine Sünde, sondern was zum Munde ausgehet ist eine Sünde, hat Jesus gesagt. Ich glaube an Jesus, er wird mein Erlöser sein.«

Da sprang Wolf von seinem Sitz herab und griff in ein unweit stehende Tonne mit Lehm. Er holte eine Handvoll davon heraus und mit wunderbarer Schnelle begann er zu formen, zu kneten und mit Hilfe eines Holzspans, der auf dem Boden lag, entstand plötzlich zwischen seinen Fingern auf einer Kreuzform ein menschlicher Körper in der üblichen Stellung des gekreuzigten Christus. Reisle sah voll Verwunderung zu, wie nach und nach ein Kopf in gesenkter Stellung, Rumpf, Arme und Beine, Hände und Füße, kurz ein etwa eine Spanne langes Figürchen zwischen den Fingern Wolfs entstand.

Beide Kinder waren in der tiefsten Tiefe ihrer Seele erregt.

Als das Gebilde fertig, das heißt kenntlich auf dem Balken neben Reisle lag, sprach Wolf:

»Sieh, Reisle, vor diesem Bilde, das ich eben mit meinen Händen geformt, willst du beten? So kann ich noch hunderte machen. Welches ist dann der Gottessohn? Und was ich gemacht habe, kann ich auch wieder zerstören – sieh –« Wolf nahm die kleine Figur und im Nu war sie wieder eine formlose Masse – ein Lehmklümpchen. »Das kann kein Gott sein und kein Ebenbild des lebendigen, unsichtbaren Gottes, zu dem wir beten können in unserer Not.«

Auf eine solche Einwendung und Demonstration war Reisle nicht vorbereitet worden. Als Wolf seine Mütze aus der Stirn geschoben, mit sprühenden Augen und heftig gestikulierend vor ihr stehen blieb und eine Erwiderung hören wollte, da fing die Kleine etwas unsicher und weinerlich an: »Und wenn ich treu an Jesus glaube, dann werde ich sein wie die Vögel im Walde und werde gutes Essen haben und nicht arbeiten und dabei herrlich gekleidet sein, wie die Lilien auf dem Felde.«

»Reisle, Reisle, wenn es dir nur um dein Essen und um schöne Kleider zu tun ist, – ich bin groß und stark, ich will für dich arbeiten, so wie ich für die Mutter gearbeitet habe, aber, Reisle, es steht geschrieben: ›Du sollst nicht knien vor fremden Göttern und sollst dir kein Bild machen von deinem Gott.‹«

»Die Muhme schimpft mich Mamser; Christen schimpfen nicht, sagt die Schwester Mareia, und sie hat mir auch so einen feinen Namen gegeben.«

»Reisle, ich will dein Erlöser sein«, fuhr Wolf in seinem heiligen Eifer fort und fasste das Kind fest an den Schultern und schien zu wachsen während er sprach.

»Mein Erlöser?«, wiederholte Reisle erstaunt und fragend.

»Ja, Reisle, du gehst mit mir, ich schütze dich und ich bezahle auch alles, was du brauchst. Hast du nicht neulich gesagt, dass du so gern ein rotes Band wolltest?«

»Ja, ein rotes Haarband wollte ich so gerne«, sagte Reisle und nahm ihre langen, dicken Zöpfe nach vorne und zeigte, wie die lockigen Enden mit einem alten Schuhriemen zugebunden waren.

»Will dir die Schwester ein rotes Band schenken?«

»Nein, so was schenken die Schwestern nicht. Sie schenken Sprüche und Taschentücher und ganz dicke Wolle zum Strümpfe stricken.«

»Aber ich, ich kaufe dir ein breites rotes Haarband und die blauen Korallen, die du im Laden bei Browns immer ansehen musst, die kaufe ich dir auch – aber du musst mir versprechen, nicht mehr ins Missionshaus zu gehen.«

»Hast du denn Geld, Wolf?«, fragte Reisle.

»Gewiss habe ich Geld. Ich spare schon lange für den Grabstein der seligen Mutter. Aber ich bin sicher, wenn du mir versprichst, unserm Gott treu zu bleiben, sie wartet gern … Versprichst du mir's, Reisle?«

»Ja. Bekomme ich die blauen Korallen noch heute?«

»Ja, gleich.«

»Aber zur Muhme Rifke geh ich gar nicht mehr.«

»Brauchst du auch nicht. Ich weiß gute Leute, bei denen du schlafen kannst. Wir gehen gleich hin.« Ohne auch nur einen Blick nach der Richtung des Missionshauses zu werfen, trippelte Reisle erwartungsvoll neben Wolf her.

Am nächsten Schokoladeautomaten schon blieb sie stehen und sah Wolf fragend an. Wolf zog, ohne sich zu bedenken, aus einem Beutel-chen, das er vorsichtig auf der Brust trug, ein paar Münzen hervor, die er Reisle in den Einwurf stecken ließ. Während das Mädchen see-lenvergnügt an den Süßigkeiten knabberte, stiegen dem Knaben heiße Tränen in die Augen. »Mutterlieb, du bekommst deinen Stein, ich kann für drei arbeiten«, flüsterte er.

In Paris, in einem der Häuser des Quartier Montmartre, deren Tiefe von der Straße her gar nicht geahnt wird, war im Erdgeschoss ein kleiner Raum, der durch eine breite Glaswand zu einer bescheidenen Kunstwerkstätte eingerichtet worden war. Eine Türe führte direkt in den »Garten«. Dieser bestand in einem kleinen Hof, den zwei alte Kastanienbäume beschatteten, einem schmalen Rasenstreif an der Mauer des Nachbarhauses, in einem eirunden Blumenbeet mit hellen und dunklen samtigen Stiefmütterchen bepflanzt und einem efeuumrankten, trockenen Brunnenbecken in der Ecke. Der Lärm der Großstadt drang nicht in die Enge dieser Abgeschiedenheit, die sich in den Träumen des jungen Mannes, der an einem Sommernachmittage an der offenen Türe seines Ateliers stand, zu unendlicher Größe erweitern mochte. Rasche Schritte näherten sich durch den Torweg.

»Nun, Wolf, wie war's in Basel? Reut es dich, unsere Delegation angenommen zu haben?« Lebhaft und ungeduldig klang die Frage von dem Munde des Besuchers, noch ehe er an die Türe herangeschritten war und ohne dass er die glimmende Zigarette aus den Zähnen gelassen hätte.

»Herrlich.«

»Hast du mit ihm gesprochen?«

»Ich habe ihn sprechen gehört und sprechen gesehen und seine Verheißungen für unser Volk. – Martin, sie müssen wahr werden: eine Heimstätte für die Vertriebenen, für die Geknechteten und Raum für alle und Gerechtigkeit und Freiheit – Israel soll erwachen.«

»Ich habe das Protokoll der Sitzung schon. Meisel hat es mir gegeben. Ich habe es schon bearbeitet – ich muss selbst sagen glänzend – für einen Leitartikel des ›Erew‹, mit dem ich wie mit einem vollen Akkord einsetzen werde, wenn die erste Nummer erscheint.«

Martins vom Zigarettendrehen und Rauchen gebräunten Finger versanken nervös suchend in alle Taschen seines Rockes und brachten bedruckte und beschriebene Papiere zutage, aus denen er, wie es schien, Proben seiner Journalistik vorlesen wollte.

»Nicht vorlesen, Martin, ich kann nicht aushalten Worte zu hören, wo ich Taten sehen möchte«, fuhr Wolf etwas gereizt heraus.

»Der ›Erew‹ wird eine Tat sein, und der verhaltene Schmerz unseres durch die Jahrhunderte geknechteten Volkes wird aus seinen Zeilen grollen wie der Donner und ein Echo erwecken in den Herzen der

Tausenden, die nur geweckt werden müssen zum Bewusstsein ihrer Kraft. Wie die Drometen von Jericho wird es klingen –«

Der zukünftige Redakteur Martin Gerschowitz schien so entzückt von seiner Rede, dass er sie festhalten zu müssen glaubte und anfing, Notizen in ein kleines schwarzes Wachstuchbüchelchen zu machen. Wolf, der durch die kurze Unterbrechung des Wortschwalles seines Besuches wieder ruhiger war, trat in seine Werkstätte und lüftete ein feuchtes Tuch, das über einem Drehsockel hängend eine unvollendete Arbeit verriet.

»Sieh, Martin, ich kam gestern von Basel und heute Nacht hatte ich keine Ruhe – ich musste es versuchen, den Kopf –« Martin war Wolf in die Werkstätte gefolgt und näherte nun seine kurzsichtigen bebrillten Augen der Lehmmasse, aus der ein charakteristischer Männerkopf hervorragte.

»Herzl, Theodor Herzl, wie gut getroffen, ausgezeichnet, famos! Diese Büste wird fotografiert, und wenn ich im Leitartikel über die Bedeutung der Bewegung und ihres Führers den Lesern Stimmung gegeben habe, dann wirst du als jüdisch-nationaler Künstler der Welt beweisen –«

Wolf ließ das Tuch über die Arbeit fallen.

»Nimm mir's nicht übel, Martin, aber ich kann deinen ›Erew‹ nicht mehr aushalten. Mir ist die Brust noch so voll, ich sehe ihn noch immer da stehen, die Menge in seinem Bann und von dem Erwachen des Volkes sprechen.«

Ohne Rücksicht auf Martin zu nehmen, vertauschte der junge Künstler seine Arbeitsbluse gegen einen Rock, nahm den Hut von einem Ständer und hob noch einmal das Tuch, um einen prüfenden Blick auf seine Arbeit zu werfen. Dann schloss er die Glastüre und ging durch das kleine Zimmer, das er mitsamt der Werkstätte von der Witwe eines Rahmenmachers in Aftermiete übernommen hatte, durch einen finsteren Flur nach dem Hausgang und auf die Straße.

»Warum bleibst du nur bei diesem alten Scheusal Angot Brassier in Logis?«, fragte Martin und bemühte sich, mit eiligen Zappelschrittchen dem kräftigen Tempo von Wolfs Gangart mitzukommen.

»Wir nützen uns gegenseitig. Ich habe der alten Frau nach dem Tode ihres Mannes manchen kleinen Dienst leisten können und heute bringt ihr altes, in guten Kreisen bekanntes Geschäft mir kleine kunstgewerbliche Arbeit, die es mir ermöglicht, auch ohne Aufträge nach meinem Sinn für mich zu arbeiten.«

»Warum wohnst du nicht bei Juden?«

»Es war ein Zufall, der mich zu Brassiers führte. Die Werkstätte gefiel mir, aber dann wollte ich auch französisch, richtiges Französisch lernen.«

»Schämst du dich vielleicht deiner Muttersprache?«

»Welches ist denn meine Muttersprache? Russisch habe ich nie gekonnt, englisch und deutsch nie ordentlich erlernt, mein Hebräisch nützt mir nichts, da wäre mir nur das Sprachengemisch geblieben, in dem wir aus der Ghettokolonie uns unterhalten. Das kann mir nicht genügen.«

»Wir Zionisten –«

»Ich bin kein Zionist«, warf Wolf dazwischen.

»– müssen aber den größten Wert darauf legen, unsere, die ureigensten Sprachen unseres Volkes entweder zu beleben wie das rein Hebräische, oder zu erhalten wie den Jargon. Im ›Erew‹ werde ich gleich eine Debatte darüber eröffnen, durch welche Sprache die in der Diaspora verstreut lebenden Juden künftig verbunden sein werden, Jargon oder Hebräisch. Als Einleitung habe ich einen Artikel geschrieben – ich muss selbst sagen glänzend –, der den Vertretern beider Ansichten willkommen sein wird. Ein so junges Blatt wie der ›Erew‹ darf nämlich nicht allzu schroff eine einseitige Meinung vertreten. Ich werde darum meine Spalten ebenso den Jargonisten wie den Hebraisten öffnen. Ich selbst spreche und schreibe so eine Art Hochjargon – –«

»Ich hätte es richtiger und praktischer gefunden, wenn du eine lebende Kultursprache richtig beherrschen würdest, auch für deinen Beruf als Journalist.«

»Warum denn? Ich geniere mich gar nicht, dass man mich beim ersten Wort meiner Nation nach als Juden erkennt. Der Engländer und der Franzose ist auch nicht ängstlich bemüht, seinen Akzent so abzuschleifen, dass man seine Nationalität nicht erkennt. Und dann – infolge meines Temperamentes – kann ich mich mit solchen Lappalien wie Grammatik usw. nicht abgeben. Ich notiere den Flug meiner Gedanken, die redaktionelle Form für die Presse kann ihnen irgendjemand geben.«

»Wohin gehst du, Martin?«

»Ich gehe, – ich besuche, – ich bin eigentlich schon da, – da drüben, wo ›Occasions‹ angeschrieben steht, – da fand ich ganz zufällig eine Landsmännin, eine alte Frau, oder vielmehr im Laden bei ihr eine junge Person – ich glaube, ich werde sie beide – vielleicht auch nur die Junge für die Partei gewinnen. – Wo gehst du hin? Dich wird ja weder das Geschäft noch meine zionistische Parteipropaganda interessieren – lass dich nicht stören. Ich wollte ja nur wissen, wie es in Basel war –«

Martin zögerte einen Augenblick über die Straße zu gehen.

Auf der andern Seite, an der Ecke der Rue Say war ein kleiner Laden, in dessen Türe getragene Kleider aller Art hingen; ein anderer Teil des Vorrats füllte, teils ausgebreitet, teils zusammengeschoben, den Hintergrund und die Seiten des kleinen Schaufensters. In der Mitte war ein bunter gemischter Kram aufgestapelt, der die Kauflust von Vorübergehenden anzureizen bestimmt war; alles schmutzig und verstaubt und manches Stück dabei, das die Aufmerksamkeit eines Sammlers erregen oder irreführen konnte.

Während Martin sich bemühte, Wolf zu verabschieden, teilte sich plötzlich der aus farbigen Blusen und Röcken gebildete Hintergrund des Schaufensters und ein dunkler Frauenkopf erschien zwischen den Falten, die sich nach einem kurzen Augenblick wieder zusammenschoben.

Wolfs Auge hatte das Momentbildchen erfasst. Ohne weiter auf Martin zu achten, ging er über die Straße und betrat den Laden. Der halbdunkle Raum mit einer schmalen Tür im Hintergrund, auf dem Verkaufstisch Stoffe und Pakete getürmt, die Regale mit den verschiedensten Gegenständen aus Glas, Porzellan oder Holz gefüllt, von der Decke zwischen alten Stiefeln eine Schirmlampe baumelnd, die Luft erfüllt von einem Mischgeruch aus Petroleum, Leder, Naphtalin, Seife und Moder, – so bildete er den Typus des jüdischen Trödlergeschäftes. So hätte es auch ebenso gut in Lemberg oder Wien, in New York, London oder Frankfurt wie in Paris sein können als Zwischenstelle für Nachfrage und Angebot, für eine bestimmte Schicht der Bevölkerung dienen.

Als Wolf an den Ladentisch herantrat, erhob sich von einem Stuhl, der so stand, dass man von dort durch eine Handbewegung gegen das

Schaufenster einen Ausblick auf die Straße gewinnen konnte, lässig eine Frauengestalt.

»Bon jour, monsieur«, sagte sie, die unter der Brust verschränkten Arme lösend und beugte sich leicht über den Verkaufstisch. Eine weite, rote Bluse, deren Stehkragen durch eine gläserne Brillantnadel unordentlich zusammengesteckt war, verriet üppige Formen und den Mangel an Ordnungssinn, der häufig als Einschlag zur Eitelkeit geeignet ist, diese in ihrer Wirkung zu vernichten.

Auf schlankem Hals ein kleiner Kopf, das reiche dunkle Haar sorgfältig frisiert, der herrschenden Mode entgegen über einem welligen Scheitel zu einer Krone aufgesteckt, zeigte sie den Typus der osteuropäischen Jüdin.

Wolf blickte die Verkäuferin einen Augenblick scharf an.

»Reisle«, sagte er dann halb zögernd, halb fragend.

»Plait-il, monsieur?«, sagte sie noch etwas mühsam die Französin markierend, während eine glühende Röte ihr bis an die Haarwurzeln stieg.

»Wie kommst du hierher Reisle – von London nach Paris, in diesen Laden! Wie habe ich dich gesucht, als du eines Tages verschwunden warst?« Während Wolf diese Worte eilig heraussprudelte, war Martin Gerschowitz auch in den Laden getreten und mit nicht zu verbergender Unmut sagte er ohne Gruß:

»Du kennst Fräulein Marie?«

»Länger als du sie kennst«, sagte Wolf lachend, »das heißt ich kenne ›Fräulein Marie‹ gar nicht, aber Reisle kenne ich, seitdem sie – wenig länger war als ihre Zöpfe, – die allerdings auch tüchtig mitgewachsen zu sein scheinen«, fuhr er in offener, aufrichtiger Bewunderung des schönen Mädchens fort. Reisle wusste nicht recht, auf welchen Ton sie ihr Verhalten stimmen sollte. Sie war verlegen, aber aus ihren großen schwarzen Augen sprach eine Mischung von Freude und Selbstgefälligkeit und auch eine lebhafte Neugier, mit der sie Wolf musterte, als könnte sie sein Schicksal von dem Schnitt seines Rockes ablesen.

Sie wollte sprechen und fragen, aber sie wusste nicht recht in welcher Sprache und nicht, ob sie ihren alten Spielkameraden mit »du« oder »Sie« anreden sollte.

Martin hatte indessen in vertrauter Ortskenntnis aus einer Schieblade ein Feuerzeug geholt und sich in sichtlich übler Laune eine seiner unzähligen Papiros angesteckt, als der entstandenen Pause dadurch ein Ende gemacht wurde, dass eine alte Frau in den Laden trat.

Ein Scheitel von schwarzbraunem Atlas schnitt ihre Stirne ab, die ebenso wie das ganze Gesicht mit faltigem, runzeligem, genarbtem Pergament überzogen schien; kleine schwarze, rotgerändete Augen ohne Wimpern, ein zahnloser Mund, Kopf und Schultern von einem großen Umhängtuch bedeckt, – in ihrer ganzen Erscheinung charakteristisch die russische oder galizische Judenfrau, die oft mit vierzig Jahren schon so matronenhaft aussieht, dass spätere Jahre spurlos an ihr vorüberzugehen scheinen. Die ganze Aufmerksamkeit der Alten schien auf das kleine Brett gerichtet, auf dem sie in schrumpeligen, schmutzigen Händen zwei Gläser Milchkaffee und etwas Weißbrot trug.

»Nun, Herr Doktor, haben sie schon ausgemacht für heute Abend?«

»Muhme Rifke«, schrie Wolf, als er die Alte sah.

Diese riss ihre Gänseäuglein einen Moment erstaunt und prüfend auf, dann stellte sie den Kaffee vorsichtig auf den Ladentisch und fragte mit devoter Vorsicht, wieso der gnädige Herr sie kennt und mit was sie dienen könnte.

»Muhme Rifke, tun sie nicht so fremd. Sie wissen doch, wer Ihnen in London immer geholfen hat, den lieben Schabbos vorzubereiten, die Kohlen gebracht, die Challe geflochten, die Gans zum Schlächter getragen – alles damit das Mam...«

»Wolf Wasserschierling!«, kreischte die Alte auf. »Wie ändern sich die Zeiten, wie ändern sich die Menschen. Soll *der* Kopp so leben« – mit einer Handbewegung wies sie in gewohnter Zweideutigkeit auf den großen Stecknadelkopf, der aus dem Umschlagtuch unter ihrem Kinn wie ein drittes Auge hervorblitzte – »wie ich geglaubt hab, ein Kavalier vom feinsten Boulevard steht da und will ein paar gelbe Stiefel von meiner Nichte Marie verkauft haben. Denn wir haben feine Kundschaft und feine Ware.«

»Herr Doktor«, sagte sie zu Gerschowitz, »der Herr Wolf is ein Freund von Ihnen? Wahrscheinlich auch ein Herr Doktor oder ein Herr Professor – ich bitte Platz zu nehmen – Reisle, gib den Stuhl her für den Herrn Professor, du kannst stehen, du bist jung – meine alten Knochen – dem Stein geklagt – tun mir so weh. Sind Sie Mediziner-Doktor, Herr Wolf? Vielleicht wissen Sie mir etwas – Schmerzen hab ich, Schmerzen – und meinen Sie, die Reisle, die Mamselle Marie hat Mitleid mit mir, meinen sie, sie gedenkt mir, was ich an ihr getan hab Gutes und Liebes seit sie lebt? Weh mir! Nu, Wolf, erzähl schon – was Tachles? Was bist du? Was verdienst du? Weh mir, wie es sticht und das Herz. Gott soll sich erbarmen über mein Fuß.« Die Alte war in ihrer Rede ohne Unterbrechung von dem schwungvollen Ansatz rasch in ihre gewohnte Tonart weinerlicher Klage herabgeglitten.

»Muhme Rifke, wenn Sie reden, dann kann doch bekanntlich kein anderer Mensch reden«, sagte lachend Wolf.

»Kann sein«, gab Rifke zu, »mein seliger Aron hat schon immer gesagt, Rifke, hat er gesagt, spuck einmal aus, damit ich auch ein Wort sagen kann. Weh mir, was waren das noch für Zeiten, damals hab ich noch von nichts Bösem gewusst – ein Pfund Fleisch zwanzig Kreuzer, die Kinder zu Hause, – was hat man von Kindern, – wenn sie groß sind, unberufen und Gott sei Dank gesund sind sie aber – Amerika is weit und Premysl is weit – oi mein Herz, meine Füß –«

Reisle hatte sich wieder auf den Stuhl hinter den Ladentisch gesetzt, die Arme verschränkt und die Füße, an denen ein Paar Lackschuhe mit hohen Absätzen glänzten, weit von sich gestreckt.

Gerschowitz stand in der Ladentüre. Er zündete an der durch rasche Züge schon abgebrannten Zigarette gleich eine neue an und man merkte ihm die Unschlüssigkeit an, ob er gehen oder bleiben sollte. Er scheint von Reisle einen Wink für das eine oder andere zu erwarten. Es geschieht nicht. Sie blickt nicht auf.

Es war wieder ein wenig unbehaglich geworden in dem kleinen Trödlerladen, doch Wolf schien es nicht zu merken. Er empfand eine so herzliche, aufrichtige Freude darüber, die kleine Reisle wiedergefunden zu haben, so groß und so schön, dass er in voller Unbefangenheit über Muhme Rifke lachte. Da trat eine Käuferin in den Laden, die schon von draußen mit einem himmelblauen Jupon geliebäugelt hatte.

»Bonjour, Madame«, sagte Reisle, indem sie sich wieder erhob, und Martin Gerschowitz und Wolf Wasserschierling verließen den Laden, um bei dem Abschluss eines Geschäftes nicht zu stören.

»Au revoir.«

»Au revoir«, klang es hin und her, während Muhme Rifke sich wie eine Taubstumme mit ihrem Kaffee beschäftigte.

Etwa drei Wochen später steht Wolf Wasserschierling in seiner Werkstätte in eine wie es schien umfangreiche Arbeit versenkt, die die Büste Herzels unfertig in eine Ecke gedrängt hatte und einen großen Teil des nicht sehr weiten Arbeitsraumes einnahm.

Auf einem improvisierten Lager, einem Diwan, der ganz nahe an die offene Türe des Ateliers gerückt war, lag das Modell in einem einfachen, weißwollenen faltenreichen Gewand, das den Hals in rundem Ausschnitt frei ließ und ein dünnes silbernes Kettchen zeigte.

»Israel erwache!«, rief Wolf, halb ernst, halb scherzend hinüber. Und das Modell, das in der Stille und Schwüle des Augustnachmittags in der liegenden Stellung eingeschlummert schien, richtete sich halb auf.

»So ist's recht, Reisle.«

»Ich mag nicht mehr, Wolf«, sagte sie und warf den einen Zopf, der halb offen vorn über die Brust fallen sollte, zurück, setzte sich auf und wollte den zweiten diademartig aufgesteckten Zopf ebenfalls abnesteln.

»Aber Reisle, soeben war die Stellung ausgezeichnet, so ganz das vom Schlaf zum vollen Bewusstsein erwachende Weib, das erwachende Israel, wie ich es als Verkörperung des Herzel'schen Gedankens darstellen will.«

»Ich mag aber nicht mehr. Es langweilt mich, in dem weißen Kittel dazuliegen.«

»Aber Reisle, du hast mir doch versprochen, noch ein halbes Stündchen heute –«

Missmutig lehnte Reisle sich wieder auf den linken Arm zurück und fasste in das Kissen, auf das sie sich stützen sollte.

»Erinnerst du dich noch, Reisle«, sagte Wolf in dem Ton, in dem er vielleicht zu einem Kinde, das er zu geduldigem Liegen hätte bringen mögen, gesprochen hätte, »wie wir damals als Kinder in London auf dem Bretterhaufen saßen – ich kann das wunderbare Gefühl im Leben nicht vergessen – als ich das erste Mal eine bildsame Masse zwischen meinen Fingern spürte – und wie ich dir bewies, dass man von Gott kein Bild machen könne.«

»Ach ja, damals kauftest du mir die blauen Glasperlen, die ich lange für einen großen Schatz hielt.«

»Und dann – versprach ich dir, dein Erlöser zu sein – und ich hab's nicht vergessen –«

»Ich auch nicht.«

»Aber du bist mir's noch immer schuldig, zu erzählen, wohin du nur verschwandest damals.«

»Wenn du's denn durchaus wissen willst«, sagte das Mädchen und blickte Wolf lachend an, »aber du darfst mir dann keine Moralpredigt halten, wenn ich's erzählt habe.«

»Nun machst du mich aber neugierig. Was kann das Schlimmes gewesen sein, du warst ja noch ein Kind.«

»Du hattest mich damals doch zu Frau Walpinsky gebracht. Im selben Hause wohnte eine Frau, die sammelte Kinder für ein großes Ballett und da ging ich mit ihr, weil sie mir so verlockend davon erzählte.«

»Reisle, ohne mir etwas zu sagen!«

»Es war wirklich ganz lustig dort und schöner wie bei Frau Walpinsky. Ich bekam ein wundervolles rotseidenes Kleidchen an und Trikots und einen Kranz von Mohnblumen auf den Kopf, und nach der Probe kamen alle auf mich zugelaufen und ein alter Herr nahm mich auf seine Knie und küsste mich. Ich wehrte mich und biss ihn in die Wange. Er fuhr zurück und verlor seine Zähne! Du ahnst nicht, wie er da aussah – ich muss heute noch lachen, wenn ich an das Affengesicht denke. Aber die Ballettmeisterin gab mir eine furchtbare Ohrfeige. Und am andern Tag da brachte er mir wundervolle Bonbons mit gutem Likör drin und da gewöhnte ich mich an ihn –«

Wolf hatte während des Mädchens Rede seine Arbeit vergessen, war auf einen Schemel neben dem Diwan gesunken und hörte mit vorgeneigtem Kopfe und entsetzten Augen zu, wie sie in gleichmütigem, selbstverständlichem Tone weiter berichtete.

»Und er nahm mich auch ab und zu in seinem schönen Wagen in seine Villa mit, und im Park war ein weißer Pfau und Diener waren da, die aussahen wie vornehme Herren, und verzuckerte Früchte gab's und Champagner, und im Schlafzimmer waren große Spiegel und Lichter brannten auch, wenn draußen die Sonne schien, und ich bekam ein weißseidenes Hemd und tanzte bis ich schlafmüde war.«

»Ein jüdisch Kind«, murmelte Wolf.

»Aber nach einer Zeit da kam der Alte nicht mehr, mich zu holen, und mir war's elend; ich sollte im Theater tanzen und wollte nicht und hatte so was wie Heimweh – nach dir, Wolf.«

»Nach mir – und ich lief durch die Straßen Londons und suchte dich – überall und fragte überall nach dir, in den Schulen und in den Mädchenklubs und dadurch kam ich an den Knabenklub und in die Zeichenklassen und zu meinem Stipendium. Und du?«

»Nun, ich suchte dich! Als ich aber meinen Erlöser in den tausend Straßen von London nicht fand, da – ließ ich mich eines Abends von der Heilsarmee finden und vom Geist bewegen.«

»Wie konntest du nur!«

»Warum denn nicht! Ich kannte ja den Rummel schon vom ersten Mal.«

»Du warst aber doch schon vernünftiger geworden. Hattest du nicht das Gefühl, ein Unrecht zu begehen?«

»Nein. Ein Unrecht an wem, an was? Ich weiß doch gar nicht, warum ich Jüdin bin. Ich merk es immer nur, wenn es mir lästig ist. Und es ist auch schön zu beten und an Christus zu denken, der so schön und mild aussieht, und sein Bild mit Blumen zu schmücken und ihn zu lieben als Erlöser und ihm anzuhängen, so mit einem wohlig heißen Gefühl, das man gar nicht beschreiben kann.«

Während Reisle sprach, hatte sie sich aufgesetzt und in ihrem Gesicht, das in der Ruhe meist eine regelmäßige banale Schönheit zeigte, belebte sich in einem Ausdruck, den Wolf noch nie gesehen hatte. Das Mädchen stützte nun die Ellbogen auf die Knie, den Kopf in beide Hände, sodass ihre Haarkrone beinahe die vorgeneigte Stirne Wolfs berührte.

»Und so wurde ich dann wieder Mareia und half den Offizieren der Heilsarmee kleine Kinder waschen. Einmal nun, da wurde ich in Whitechapel in ein Haus geschickt und sollte nach einem Kinde sehen. Da hörte ich plötzlich oben im dritten oder vierten Stock ein Geschrei in Jiddisch und Englisch und sah einen Menschenauflauf und zwei Detectives, und auf einmal war Muhme Rifke neben mir und packte mich an der Hand und zerrte mich in einen kleinen Verschlag hinter einer Treppe und ehe ich wusste, was mir geschah, hatte sie die Knöpfe meines Kleides aufgerissen, mir etwas Kaltes um den Hals gehängt und die Türe des Verschlages zugeworfen, sodass ich eingeschlossen war. – Ich saß eine Weile im Dunkeln, dann als es draußen stiller wurde, betrachtete ich bei dem Lichtschimmer, der durch die Türe fiel, was schwer und eisig in meine Bluse gerutscht war. Es war das –«

Reisle zog aus dem Ausschnitt ihres Gewandes ein schweres goldenes, mit großen Brillanten besetztes Kreuz hervor.

»Wie lange ist es denn her, seit all das geschehen ist?«

»Vielleicht vier Jahre.«

»Und seitdem trägst du es? Woher stammt es?«

Reisle betrachtete das kostbare Schmuckstück mit einer Freude, als hätte sie es noch nie gesehen und ließ in einem schräg in den Raum einfallenden Sonnenstrahl die Steine in farbigen Lichtern aufblitzen.

»Ich weiß nicht, woher Muhme Rifke das Kreuz hatte, das heißt sie hatte es mit allerlei Sachen gekauft, die sie nicht hätte kaufen sollen und sie war dafür angezeigt worden, und wie der Spektakel losging und die Detektivs kamen, da hätte sie das Kreuz verraten, und wie sie es wegwerfen oder verstecken wollte, da bin ich ihr zufällig – wie von Gott geschickt, hat sie gesagt – begegnet und sie hat es mir umgehängt und hat es mir später geschenkt und wir haben uns versöhnt und sind bald darauf nach Paris gezogen und haben das Geschäft angefangen.«

»Und das Geschäft ernährt euch beide, ihr, die ihr kaum Französisch sprecht und in der Stadt nicht bekannt seid?«, fragte Wolf tonlos und starrte Reisle erwartungsvoll an.

Das Mädchen konnte den Blick nicht aushalten. Sie senkte die Augen, steckte das Kreuz zurück in den Ausschnitt des Gewandes und sagte leise:

»Wir haben feine Kundschaft, Muhme Rifke sorgt dafür –«

Da entrang sich Wolfs Brust ein Laut, ein Stöhnen wie ein verhaltener Aufschrei. Sein Gesicht wurde dunkelrot, und indem seine Zähne sich fest in die Unterlippe bissen, stiegen ihm Tränen in die Augen.

Reisle blickte erschrocken auf.

»Sieh mich nicht so schrecklich an, Wolf. – Wolf, verachtest du mich?«

Er fand keine Antwort.

»Ich muss dich schlagen oder küssen, wenn du nicht sprichst!«

Wild bückte sie sich dem jungen Mann entgegen und schlang die Arme um seinen Hals.

»Du hast es mir versprochen – sei mein Erlöser.«

»Wenn meine Liebe es vermag.«

Wolf bestand andern Tags darauf, dass Reisle sein Zimmer bei Madame Brassier bezog, »um einen ordentlichen Haushalt zu lernen« als

Mademoiselle Marie, da die gute Frau nicht imstande war, den Namen ihrer neuen Hausgenossin auszusprechen. Wolf mietete für sich ganz in der Nähe des Ateliers ein Kämmerchen und arbeitete mit verdoppeltem Eifer sowohl an den kunstgewerblichen Bestellungen, wie an der monumental gedachten Figur des »Erwachenden Israel«.

Es war ihm aber nicht leicht gewesen, Reisle von Muhme Rifke loszubekommen, nachdem die Alte erfasst hatte, dass es sich weder um ein lukratives Verhältnis noch um eine gute Partie handelte. Sie jammerte, weinte und stöhnte, schalt auf die Undankbarkeit der Menschen und erfüllte sehr rasch ihre Drohung, dass sie nun eine andere »Nichte« ins Geschäft nehmen müsse.

Tatsächlich saß nach wenigen Tagen zu des Redakteurs Gerschowitz größter und nicht unangenehmer Überraschung ein blondes Mädchen im Laden und lugte zwischen Blusen und Jupons durchs Schaufenster auf die Straße.

Jedoch darüber, wie es nun weiter werden sollte, konnte Wolf sich gar nicht klar werden.

Dass er seine kleine Freundin aus der Kinderzeit liebte, dass sie von jeher an all seinen Träumen teilgehabt hatte, das war ihm erst voll bewusst geworden, als sie ihn unerwartet und stürmisch wieder in ihr Leben hineinzog.

Aber in Wolf wurzelten auch fest und unveränderlich die altjüdischen Begriffe von Ehe und Familie und es marterten ihn Zweifel und Bedenken, ob Reisle je sein Weib würde sein können, die Freuden und die Verantwortlichkeit einer jüdischen Frau fühlend und tragend, und vor allem ob sie beide imstande sein würden, die Vergangenheit zu vergessen, die hässliche, entsetzliche Vergangenheit. Und darum wartete er und zögerte er, ein entscheidendes Wort zu geben und zu verlangen.

Reisle schien gar nicht an die Zukunft zu denken. Sie war die nächsten Tage wieder sehr eifrig als Modell, aber während sie plauderte und immer wieder davon fantasierte, wie es sein würde, wenn das »Erwachende Israel« in der Ausstellung preisgekrönt würde, und wie alle Besucher in ihr das Modell erkennen und bewundern würden, und wie sie dann alle verlockenden Anerbietungen anderer Künstler ausschlagend, nur ihrem Wolf Modell sein würde –

Da empfand Wolf nicht nur einen schweren, tief verletzenden Mangel in ihrem Seelenleben, sondern etwas, das mit seinem traditionellen Empfinden in solchem Gegensatz stand, dass er sich heftig abgestoßen fühlte.

Dennoch wollte er sein Versprechen halten, er wollte versuchen, in ihr zu erwecken, was, wie er glaubte, sich unter seiner Führung durch den Schutt mangelhafter Erziehung und verderbter Einflüsse zum Licht durchringen müsse: das Gute. Ob Reisle Geduld haben würde, bis zur Vollendung des Werkes stundenlang in einer Stellung zu verharren, da Wolf, tief in seine Arbeit versunken, ihr Geplauder nicht zu hören schien – wenn Martin nicht oft im Atelier erschienen wäre?

Die erste Nummer des »Erew« war noch immer nicht erschienen, aber der Entwurf zu einem Gedicht »Das erwachte Israel«, das nach seinem »Gedankenstrom irgendeiner machen sollte«, gab Martin Gerschowitz seiner Ansicht nach die Berechtigung, das Atelier »auch« zu benützen.

Wolf wies ihn nicht fort, weil er fühlte, dass, wenn Reisle wieder anfangen würde ungeduldig zu werden, sie ihn rücksichtslos im Stich gelassen haben würde. Darum bat er sogar Martin zu kommen, und darum arbeitete er fieberhaft an dem Werk, das er von Tag zu Tag besser gelingen sah. Und in diesen Stunden, in denen er sich in die körperliche Schönheit des Weibes vertiefte, das ihm sittlich unbegreiflich und sogar abstoßend erschien, erfuhr seine Leidenschaft eine solche Aufregung, dass er alle Bedenken vergaß und er sie zu sehen meinte, wie er sie zu sein wünschte. –

Es war nicht lange, seitdem Reisle Muhme Rifke verlassen hatte. Eines Tages, sie hatte sich bei einbrechender Dämmerung aus dem Atelier zurückgezogen, um ihr Gewand gegen einen Straßenanzug zu vertauschen, da sagte Martin zu Wolf, indem er die wirklich wundervolle Gestalt, die mit lebensvoller Gebärde und aufgerichtetem Haupte der Befreiung entgegen zu streben schien, aufmerksam betrachtete:

»Schade.«

»Was ist schade?«

»Dass du dem Original nicht einzuflößen imstande bist, was du in deinem Kunstwerk zum Ausdruck gebracht hast: die Kraft der Reinheit.«

»Ich habe deine Kritik nicht verlangt, – nach keiner Richtung –«

»Natürlich nicht. Aber merkst du nicht, dass – Mademoiselle Marie sich langweilt?« –

»Sie wird sich nicht mehr langweilen. Was an der Arbeit noch zu vollenden ist, kann ich ohne Modell ausführen. Für ein so temperamentvolles Geschöpf ist es auch eine Zumutung, so lange still zu liegen. Übrigens habe ich nicht bemerkt, dass sie sich gelangweilt hat.«

Martin zog den Rauch seiner unvermeidlichen Zigarette tief ein und blies ihn mit vollen Backen hörbar von sich.

»Sag einmal, ist Mademoiselle Marie eigentlich Jüdin oder Christin? Sie hat schon öfter eine auffallende Kenntnis des Neuen Testaments gezeigt.«

»Sie ist Jüdin, du weißt doch – dass diese – auffallende Kenntnis des Neuen Testaments nach jüdischem Gesetz nichts bedeutet. Und wenn sie einmal meine Frau ist, dann wird sie auch als Jüdin sein, was ich von ihr erwarte.«

Wolf hatte sich vor seine Arbeit gestellt und schien erregt die bedeutsamen Worte an das Weib zu richten, das als seine Schöpfung erwartungsvoll die Augen auf ihn zu richten schien.

»So, du willst also Mademoiselle Marie heiraten?«

»Ja«, sagte Wolf mit einer Bestimmtheit, die ihm die Gereiztheit des Augenblickes eingab.

»Dann würde ich dir aber raten, morgen Abend ziemlich spät bei Muhme Rifke – um sie anzuhalten.«

Zwischen zwölf und ein Uhr nachts, während auf den großen Boulevards das Leben noch in lebhaften Formen pulsierte, war es in der Rue Say dunkel. Tönte zwar ab und zu Musik aus einem Haus, gingen laut lachend und sprechend einige Pärchen sich zärtlich umschlingend dahin, so war es doch in der warmen Septembernacht so still, dass, als Wolf die Rue Duguay hinaufging, er seine eigenen Schritte hörte.

Je näher er dem Eckhause kam, in dem er Muhme Rifkes Trödelladen wusste, desto langsamer ging er, denn er schämte sich vor sich selbst, dass er Martins »Hetzerei«, wie er es innerlich bezeichnete, nachgegeben hatte und nun wie ein Spion das Haus umstrich. Zwar dass Reisle heute am frühen Abend nicht zu Hause bei Madame Brassier war, hatte er in Erfahrung gebracht, aber er war seit zwei Tagen absichtlich nicht im Atelier gewesen und »sie ist doch keine Gefangene, sie hat doch ausgehen, vielleicht wirklich sich irgendwie verspäten können, vielleicht hatte sie einen Unfall gehabt«, sagte er sich, je unruhiger er wurde. So kam er an das Haus. Wolf wusste nicht sicher, wo Muhme Rifkes Wohnung gelegen war, er hatte die Frauen immer nur im Geschäft aufgesucht. In zwei Fenstern des Erdgeschosses, die neben dem Haustor gelegen waren, sah er Licht schimmern, aber kein Laut, kein Schatten verriet etwas.

Das Haustor lag etwas vertieft in einem steinernen Rundbogen. Durch eine seitwärts stehende Straßenlaterne gab es einen finstern Winkel, in dem Wolf posto fasste und lauschend nach den beleuchteten Fenstern blickte. Er war nur kurze Zeit gestanden, da kamen zwei Männer die Straße herauf und direkt auf das Eckhaus zugeschritten. Der Hausmeister ließ sie nicht lange warten, das Tor öffnete sich und Wolf trat, ehe es sich wieder schloss, von den Männern nicht bemerkt, auch in den Hausflur. Über einer Türe brannte ein Lämpchen. Wolf sah die Herren in der Tür verschwinden. Er blieb einige Minuten im Dunkeln stehen, dann folgte er ihnen und sah sich in einem spärlich erleuchteten Vorraum, dessen Fenster zur Rechten diejenigen sein mochten, die man von der Straße aus beleuchtet sah. Geradeaus war eine Türe offen, aus der die Gerüche des Trödelkrams herausströmten, aber es war dunkel in dem Lädchen. Niemand schien drin zu sein und nur ein schwacher Lichtkegel fiel von dem Vorplatz hinein. Umso heller und belebter schien es in einem nächsten Raume.

Wolf trat in den Laden und blieb im Dunkel stehen. Alles Blut drängte sich ihm zum Herzen, alle Sinne waren ihm angespannt.

Nach einigen Minuten öffnete sich die Türe gegenüber und Muhme Rifke trug vorsichtig ein großes Brett mit Flaschen und Gläsern hinein. Sie ließ die Türe offen stehen. Um einen runden Tisch, der von einigen Gasflammen grell beleuchtet war, saßen einige Herren rauchend mit von Alkohol erhitzten Gesichtern. Den Rücken der Türe zugewandt eine weibliche Person in rosa gekleidet; ihr blonder Kopf einem der Männer zugeneigt.

In hellem Licht, Wolf gerade gegenüber, Reisle. Ein schwarzes Kleid, tief ausgeschnitten, die schönen Zöpfe wie immer zur Krone gesteckt, um den Hals das silberne Kettchen mit dem Brillantkreuz. Sie lachte laut und beugte sich vor, um an dem Champagnerkelch zu nippen, der ihr von ihrem Gegenüber gereicht wurde.

»Ihr Wohl, schöne Marie«, rief ihr ein anderer zu.

Da packte es Wolf in wilder Wut. Er stürzte aus seinem Versteck hervor, in einem Sprung über den Vorplatz in das helle Zimmer. Ein Griff nach dem Messer, das zum Öffnen der Champagnerflaschen gedient hatte, ein tödlicher Stoß nach »Mareia« –

Es war erfüllt. Er musste ihr Erlöser sein.

Vision

1930

Der Satan streift durch die Welt. Nicht wie einst umschauend und beobachtend auf den Straßen, Wegen und Stegen, auf Märkten und in den Häusern, in den verschiedenen Verkleidungen als Bettler, Händler, Musikant, oder wie es ihm sonst gefiel. Rasch und geschäftig durchrast er die Welt mit allen Mitteln der Fortbewegung, die er die Menschen zu bauen gelehrt hatte. Er hält sich nicht wie vor Zeiten bei kleinen einzelnen Siedlungen auf, sondern sein Ziel und seine Freude sind die großen Werke und Fabriken, wo die Menschen arbeiten und schuften bis aufs Blut, Männer, Frauen und Kinder. Aber auch das zu sehen, ist der Satan nicht zufrieden – nein, grinsend belehrt er die Fabrikherren, wie sie durch eine teuflische Verbindung von Hitze, Kälte, Stahl und Strom und allerlei ausgeklügelte Kunstgriffe und Kunststücke die gequälten Menschen entbehrlich machen und ausschalten können. Da strömen die Arbeiter und Arbeiterinnen ein letztes Mal zu den Fabriktoren hinaus, und jetzt erst hat der Satan den rechten höllischen Spaß, den er braucht, um vergnügt zu sein. Er stellt sich an den Eingang des Geländes und verteilt an die entbehrlichen Menschen Handzettel. Die Arbeiter und Arbeiterinnen nehmen sie gerne an und wissen nicht recht, was ihnen geschieht.

Sie wurden still und hungerten bald, weil sie keine Arbeit und keinen Lohn mehr hatten. Einige suchten in der Küchenschublade nach Brot, und da fanden sie des Satans Handzettel auf denen ganz sonderbare, aber sehr interessante Sachen standen. »Zur Aufklärung«, Sätze, Worte und Zahlen, die erst ganz ohne Zusammenhang schienen: wie viel Menschen leben, wie viele Frauen, wie viele Männer, wie viele verheiratet und wie viele ledig, wie viel Kinder geboren wurden; wie viel Menschen arbeiten, nach Tagen und Stunden, wie viel Lohn sie hatten, solange sie unentbehrlich waren, und wie der Lohn weniger wurde, weil die Maschinen so teuflisch verbessert wurden, dass keine Hand, kein Fuß, kein Griff, kein Gehirn der Leistungsfähigkeit dieser Konstruktionen gleichkommen konnte. Auf der Rückseite des Zettels stand noch der Hinweis auf Methoden und Rezepte, wie der Mensch ohne

Arbeit und Lohn sein bisschen Geld genussreich strecken kann. Rauchzeug und Alkohol müssen billig gehalten werden, um den Hunger zu betäuben. Ungeborene Kinder müssen getötet werden, um die Konkurrenz zu mildern, die Löhne zu erhöhen und aus den vielen Entbehrlichen wenige Unentbehrliche zu machen. Die Frauen sollten zum Teufel gehn, die sich der natürlichen, sinnlichen Triebhaftigkeit des Mannes nicht fügen, und die ihr den verantwortlichen Urtrieb des Weibes zur Mutterschaft entgegensetzen wollten.

Bald lebten die Leute nach den Rezepten des Satans, aber sie fühlten dabei ihre beste Kraft schwinden, und nur in rohen, wilden Ausbrüchen konnten sie noch toben und wüten. Der edle Strom des Lebens war ihnen abgegraben.

Wie der Satan so mit einer höchst qualifizierten Maschine durch das Land sauste, sah er auch, dass nicht mehr der Mensch, dem göttlichen gesegneten Fluch gehorchend, im Schweiße seines Angesichte die goldnen Ähren schnitt und hochbeladene Wagen in die Scheuer führte, sondern wie nach teuflisch verfluchtem Segen Maschine und Traktoren über die Felder keuchten, um auch hier die Menschen entbehrlich zu machen, dass sie Räuber und Stehler wurden, nur um ihr schales nacktes Leben zu fristen. – Da lachte der Satan, so, dass ihm das Steuer seiner Maschine entglitt; er prallte gegen einen Meilenstein und fiel in den Straßengraben.

Rasch stand er wieder auf seinem Hinkebein. Da sah er eine Gestalt neben sich, die Sense geschultert; hager und knochig steckte sie in einem weiten Mantel. Den Sensenmann erkennend, rief der Satan: »Ei, Gevatter, an mir kannst du keinen Schnitt machen, aber, komm mit mir in meinen Wagen und bedanke dich bei mir für die Ernte, die dir mein rationalisiertes Vorgehen unter den dummen Menschen bereitet.«

»Pfui Teufel«, sagte der Sensenmann, »was schwatzest du ungefüges Zeug! Ich weiß es besser, ich bin von eh und je Konsument, und weil ich rationeller denke als du, will ich mich eben zu dem Herrn der Welt begeben und mich über dich beklagen.«

Da lachte der Satan wohlwollend: »Steig ein, alter Sensenmann, ich fahre dich gern vor den Herrn der Welt, dem ich meine Lust danke, wie du die deine.« Der Sensenmann stieg in das Gefährt, und fort ging's zeitlos bis an den Vorhof des Herrn der Welt. Sonderbar und laut ging es da zu. Eine unübersehbare Menge der entbehrlich gewordenen Menschen, Männer und Frauen, wogte grollend, schreiend, Klage führend durch den weiten Raum. Einer Anzahl liebevoller Engel, Diener des Herrn der Welt, gelang es nicht, die Aufregung einzudämmen. Der Satan und der Sensenmann schlenderten unerkannt Arm in Arm durch die Gruppen der Unzufriedenen. Da erschien plötzlich ein besonderer Abgesandter des Herrn der Welt und sprach:

»Was macht Euch unruhig und unzufrieden, Ihr Menschen? Ihr sollt es dem Herrn der Welt verkünden.«

Drauf schwang sich ein hagerer bleicher Mann, dessen Lippen wohl das Lachen verlernt haben mochten, auf die Schultern von zwei seiner Genossen, dass er sie alle überragte und schrie:

»Tod und Teufel, das ist kein Leben mehr, das die Menschen führen. Wir haben's in wildem Weh zu Ende gekostet, aber elend und freudlos, ohne Lebensziel kriecht die Menschheit auf dem Planeten Erde. Durch ein Rezept des Satans ist drei viertel der Menschheit überflüssig geworden. Was der Rest sachlich und rationell zu Schmach und Schande produziert, wird nicht gebraucht, wird nicht verbraucht, – nicht Stoffliches, nicht Geistiges. Bis in das Tiefste hat sich die törichte Verachtung der Menschenkraft gegenüber der Mechanisierung eingefressen. Der Mensch, der Entbehrliche, hat die Übung seiner Kraft, seines Willens, das Ziel seines Lebens verloren. Unfruchtbar sind wir geworden! Kein Aufstieg, keine Spannung, kein Gelingen, keine Freude, keine Erwartung, keine Erfüllung, keine Hoffnung, keine Liebe! Sag's dem Herrn der Welt, es ist kein Leben und kein Tod mehr auf Erden; kein Tod, weil kein Leben mehr wird.« –

Zustimmend heulte die Menge. Tod und Teufel wandten sich langsam durch den Knäuel der Schreienden und blieben in der Nähe des Redners und einer Reihe von Engeln stehen, die den Zugang zu der Stätte des Herrn der Welt bewachten. Da sagte der besondere Bote des Herrn der Welt: »Euere Rede klingt beweglich und berechtigt. Aber Ihr könnt nicht allesamt vor dem Stuhl des hohen Richters erscheinen. Wählt Abgesandte, die die Klage der Menschheit vor ihn bringen.«

Neues Stimmengewoge, aus dem sich nach und nach die Rufe abhoben: »Chawa soll gehen! Chawa soll für die Menschheit reden! Chawa! Chawa!« Da teilte sich die schreiende Menge, und es zeigte sich eine Frau, vergrämt, edel von Angesicht, zusammengesunken in sich selbst. Ein weites dunkles Schleiertuch umhüllte ihr Haupt und herabfallend ihren Körper. In den Falten dieses Mantels lehnte ein kleines Mädchen, fest an die Mutter geschmiegt, neben ihr stand mit vorgestreckter Hand ein Knabe; auf dem Arme trug sie ein kleines Kind. Alle bleich, bewegungslos, schienen sie in einem Zustande todesähnlichen Schlafes. Wieder und wieder rief es Chawa. Die Frau bewegte sich, richtete sich zu gespannter Höhe auf und schlug abwehrend und schützend die Falten ihres Schleiertuches fester um die Kinder.

»Chawa, du sollst zu dem Herrn der Welt gehn und ihm sagen, was uns betroffen hat, was die anderen bedroht. Du kannst es, niemand besser. Du hast das ganze Schicksal erlebt und ertragen: Liebe, Hunger und Tod.«

Da öffnete die Frau die Augen, die ins Weltweite zu blicken schienen, und während sie die Kinder in ruhiger Selbstverständlichkeit an sich zog und sie wie eins mit sich werden ließ, schritt sie durch die Menge, die ihr ehrfürchtig Raum gab, zu dem Abgesandten des Herrn der Welt. Alle merkten an den schwellenden Formen der im Totenschlaf Wandelnden, dass sie noch eine Hoffnung getragen hatte. Aus der Ferne tönte eine Stimme, deren Echo im Räume wiederklang. Alles schauderte.

Der Herr rief.

Die mütterliche Frau schritt langsam weiter und verschwand. Stille bebte durch den Raum. Der Satan war bei dem Klang der Stimme des Herrn hingesunken. Der Tod blieb unbeirrt stehn. Es rauschte und brauste durch den Raum. Niemand konnte die Zeit ermessen. Und es geschah, dass die Frau wieder erschien mit ihren Kindern. In atemloser Spannung blickten die Menschengestalten ihr entgegen.

»Hast du zu dem Herrn geredet?«

»Ich habe geredet. Ich habe ihn an seinen Schöpferwillen gemahnt, und daran, dass er Arbeit und Liebe der Welt gegeben und den Trieb zum Guten und zum Leben zu seiner Ehre. Und wie ich mit meinen Kindern bebend stand, erklang eine Stimme voll furchtbaren Wohlklangs und sagte: ›Sei gesegnet du, Mutter mit allen Müttern, dass kein Mensch mehr entbehrlich werde in Arbeit und Liebe.‹«

Stille ward es. Alles verschwand. Die leuchtenden Lichter versanken in tönendem Dunkel.

Die Erbschaft

Es war im Jahre 1933.

Professor Goldenherz hatte aufgrund seiner Taufe vor einem Vierteljahrhundert eine Professur erlangt und hatte versucht, mit Frau und Kindern jegliche Spur seiner jüdischen Herkunft aus seinem Leben zu verwischen. Da er tatsächlich auf seinem Gebiet Hervorragendes leistete, so glaubte er, niemals mehr Veranlassung zu haben, mit seiner früheren Familie irgendwelche Fühlung zu behalten.

Als er in der Zeit der Gleichschaltung seine Professur und sein Laboratorium, d. h. also den Lehrstuhl und die Möglichkeit der weiteren wissenschaftlichen Betätigung verloren hatte, fühlte er sich wie vor den Kopf geschlagen, und auch seine Kinder, die von der Herkunft der Eltern nur eine sagenhafte Ahnung hatten, konnten sich begreiflicherweise nicht zurechtfinden.

Sein Name stand auf der Liste derjenigen Koryphäen, die durch die Presse in der ganzen Welt genannt und bekannt wurden, und es geschah etwa sechs oder acht Wochen nach seiner Beurlaubung, dass er eine Zuschrift aus Amerika bekam. Er öffnete den Brief, der von einem amerikanischen Anwalt war, der ihn fragte, ob er der Professor Goldenherz sei, dessen Großvater Moscheh Goldenherz in Slobutka gelebt hatte, und dessen Vater mit seiner Familie nach Meseritz gezogen war; auch ob die Großmutter Blümchen Goldenherz gewesen war und die Mutter des Professors Rosalie und sein Vater Simon geheißen habe. Wenn Herr Professor in der Lage wäre, diese seine Herkunft einwandfrei festzustellen und nachzuweisen, dann hätte der unterzeichnete Rechtsanwalt und Notar Auftrag, Herrn Professor Goldenherz von einem Bruder des Großvaters, der Joel Goldenherz geheißen, in Chicago gelebt und einen einzigen Sohn Sam hinterlassen habe, eine Erbschaft zuzuweisen.

Herr Professor Goldenherz war über diese Mitteilung etwas betroffen und wusste nicht recht, wie er sich zu ihr stellen solle. Langsam bereitete er seine Gattin auf den Inhalt des Briefes vor, die mit größerer weiblicher Beweglichkeit die Tragweite der Mitteilung zu erfassen glaubte und ihren Mann daran erinnerte, dass in dem Geheimfach seines alten Schrankes alte Briefe in unleserlichen Schriftzügen – wie sie sich ausdrückte – waren, sowie ein Siegelring, ein kleines Büchschen in Turmform, dann noch ein sonderbares Instrument: eine Hand mit einem Deutefinger und ähnliche seltsame Dinge. Herr Professor Goldenherz erinnerte sich auch dieser Gegenstände. Man ging an die Schublade, holte sie herbei, fand eingravierte Buchstaben wie M. G. und anderes, und auch die Briefe begann der Professor langsam zu entziffern und für ihn unabweislich festzustellen, dass – nach der Erschütterung des April 1933 – von Amerika eine neue Erschütterung, vielleicht aber auch eine Festigung seines Daseins zu erwarten sein würde.

Man versuchte, den Kindern die gefundenen Dinge zu erklären und gewisse Fäden nach der Vergangenheit wieder anzuspinnen, und nach einigen Tagen ging Herr Professor Goldenherz zu einem gleichfalls abgebauten Rechtsanwalt, brachte ihm den Brief aus Amerika, erklärte seine Abstammung an Hand der Sächelchen ganz überzeugend und bat den juristischen Freund, die Briefe und die Dinge an den Rechtsanwalt nach Chicago zu senden.

In der Familie Goldenherz war nun ein dreispaltiges Leben: die Gegenwart in ihren furchtbaren Formen, die Vergangenheit, die täglich lebendiger wurde und die besonders bei Herrn Professor oft Erinnerungsbilder wachrief, die dann so begannen: »Weißt du noch, wie es war« –, »ich erinnere mich recht gut«, usw. Das dritte dieser Bilder war die Zukunft, von deren Gestaltung man nichts wusste, die aber unwillkürlich ein recht materielles goldenes Rändchen hatte. Unter diesen eigentümlichen psychologischen Verhältnissen verbrachte die Familie Goldenherz sechs Wochen in Unruhe, bis tatsächlich ein eingeschriebener Brief kam.

Professor Goldenherz öffnete ihn, die Frau blickte ihm über die Schulter, und in hebräischen Buchstaben standen auf einem vergilbtem Blatt die Worte: Schma Jisroel, die zehn Gebote und das Wort »Ohawto lereacho komaucho« (Liebe deinen Nächsten wie dich selbst). Darunter: Das Erbe von Moscheh Goldenherz aus Slobutka, das er seinem Bruder Joel in Chicago gegeben hatte, und das dessen Sohn Sam, als er im »New York Herald« gelesen hat, dass der getaufte Professor Goldenherz in seinem ganzen Leben vernichtet und zerrüttet war, diesem hiermit zustellt.

Die Familie Goldenherz soll wieder sehr erschüttert gewesen sein. Wie die Geschichte weitergeht, weiß man noch nicht, aber die Erbschaft war groß und gut und wertvoll, und es wäre zu wünschen, dass alle abgebauten und getauften Akademiker sie in Empfang genommen hätten.

So geschehen im Frühjahr 1933.

Ein Schwächling

1902 und 1916

Ein trüber, hässlicher Novembernebel gab den Straßen der Provinzstadt Pressburg ein recht unfreundliches Aussehen. Graue Häuser, graue Luft, grauer Himmel. Es war entschieden im Zimmer gemütlicher als draußen; wer nicht musste, vermied es gerne, auszugehen, und die Gassen waren noch stiller als gewöhnlich. Der Mann, der eben des Weges die Judengasse entlang kam und auf das Eckhaus am Brunnenplatz zuschritt, mochte das Unbehagen, das in der Atmosphäre lag, recht empfinden, denn fröstelnd zog er den Kopf tiefer in den Kragen seines langen Pelzes und vergrub die Hände in den Taschen desselben, während er sich gleichzeitig bemühte, ein paar dicke Bücher mit den Armen festzuhalten.

Plötzlich hielt er in dem schnellen Tempo seiner Schritte inne und blieb etwas erstaunt vor dem Torbogen stehen. Sollte er sich nach den langen Jahren, die er hier wohnte, noch geirrt haben?

Nein, das war schon das richtige Haus, aber was bedeuteten die Möbel und das Geräte, die in wirrem Durcheinander im Flur standen und eben von einem einspännigen Wagen abgeladen waren? – »Richtig, der neue Nachbar zieht heut ein; scheint eben kein reicher Mann zu sein«, dachte er, indem er die altmodischen Möbel überblickte, und dann eilte er schneller und leichtfüßiger, als man es seinem Aussehen nach hätte vermuten sollen, einem Träger, der einen großen Geigenkasten trug, voran die Treppe hinauf.

Im dritten Stocke angekommen, schellte er an einer Türe, deren Pfosten schon das Abzeichen eines frommen jüdischen Inwohners, nämlich ein Glasröhrchen, ein auf Pergament geschriebenes Gebet enthaltend, sichtbar trug. Eine alte Magd öffnete und Reb Mordechai ging durch ein kleines Vorzimmerchen direkt in die Wohnstube. Behagliche Wärme, vom Ofen in der Ecke ausgeströmt, empfing ihn, doch die Flammen des Feuers vermochten nicht, das Halbdunkel des Zimmers zu erleuchten. Als die Türe aufgegangen war, hatte sich in der Nische des Fensters eine Knabengestalt, wie aus Sinnen erwachend, nach dem Eintretenden umgewandt und sagte: »Guten Abend, Vater!«

Der alte Mann legte die Bücher auf den Tisch, entledigte sich seines Pelzes und trat dann gleichfalls ans Fenster.

»Guten Abend, Gabriel! Warum stehst du hier im Fenster und guckst in den Nebel? Hast du schon Mincha gebetet?«

»Nein, Vater, noch nicht«, sagte erschrocken der Knabe, und entschuldigend fügte er hinzu: »Ich sah erst zu, wie der Hausrat da unten abgeladen wurde, und als dann die Sonne wie eine rote Kugel hinter dem Kirchturm verschwand –«

»Da hättest du wissen sollen, dass es zum Minchabeten zu spät ist. Träumer! Nimm rasch dein Gebetbuch, ehe Sarah die Lampe bringt.«

Ohne Widerrede und wie schuldbewusst langte Gabriel nach dem Buche und las bei dem letzten Scheine des Tageslichtes gewissenhaft das Nachmittagsgebet. Schade, er hätte so gerne noch beobachtet, wie sich das schwebende Grau der Luft in jenes allbedeckende Dunkel der Nacht verwandeln würde. –

Kaum hatte er geendet, das Buch geschlossen und geküsst, so erschien Sarah mit der Lampe und, während sie geschäftig hin und her trippelte, die Läden schloss und das Feuer schürte, erzählte sie unaufgefordert, was sie schon von den neuen Nachbarn erfahren hatte. Es waren Vater und Tochter; ein Musiker, der bis jetzt in der Hauptstadt gelebt hatte, aber halb blind, der billigeren Lebensverhältnisse wegen, nach der Provinz gezogen sei.

Da niemand eine Bemerkung machte, noch weitere Fragen an sie stellte, ging Sarah bald wieder, und stille war's in dem kleinen aber gemütlichen Raum. Der Tisch stand in der Mitte des Zimmers, davor saß im bequemen Lehnstuhl der Vater und rauchte aus einer langen Pfeife. An der Wand zu seiner Rechten hingen zwei Ölbilder. Das eine stellte eine jugendliche Frauengestalt dar, die mit einem tief in die Stirne fallenden Spitzenhäubchen, dunklen Augen und sanft geschnittenen Lippen träumerisch und traurig dem Beschauer entgegenblickte. Daneben war das Porträt eines Mannes, das unverkennbar die Züge Reb Mordechais trug. Dieses Bild war ein wenig befremdlich anzuschauen, denn man hatte das gelungene Werk des Malers nach Jahren korrigiert, indem man dem jungen Mann im Bilde das Käppchen, das das Original immer trug, und die mittlerweile in seinem Bart ergrauten Haare nachträglich, um die Ähnlichkeit zu erneuern, aufgepinselt hatte. Außer diesen beiden Bildern sah man in dem ganzen Raume nichts, was die Bezeichnung eines Kunstwerkes in irgendwelcher Form verdient oder nur angestrebt hätte. Das kleine goldene Rähmchen an der einen Wand umschloss nur in hebräischen Buchstaben die Bezeichnung, dass dies die Ostseite sei, nach welcher Richtung stehend die Gebete zu verrichten seien. Gabriel hatte indessen ein paar dicke Bände größten Formats auf den Tisch gelegt und seinen Platz neben dem Vater eingenommen. Während dieser in den Büchern blätterte, blickte Gabriel still auf die ihm gegenüber hängenden Bilder. Das Licht fiel grell auf das Antlitz des Knaben. Seine zarte, schmächtige Gestalt entsprach kaum seinem Alter von fünfzehn Jahren; doch das ausdrucksvolle Gesicht mit den dunklen Augen hätte auf ein reiferes Alter schließen lassen. Die Ähnlichkeit mit dem Frauenbilde war unverkennbar, besonders jetzt, wo er danach aufblickend leise zum Vater sagte:

»Meine Mutter war wohl sehr schön?«

»Ja, schön war sie, wie das aufgehende Morgenrot, wie eine frische Myrte! Aber was noch mehr gilt als Schönheit, sie war ein biederes Weib und alle Tugenden, die Salomo von einem vollkommenen Weibe singt, waren in ihr vereint.«

»Warum hat sie dann sterben müssen?«, fragte heftig der Knabe und ein paar heiße Tränen traten ihm in die Augen.

»Das zu fragen, steht uns nicht an. Es hat Gott gefallen, die Blume zu knicken. Sie ruhe in Frieden!« – Um seine gleichfalls aufsteigende Rührung zu verbergen, wühlte der alte Mann mit den Fingern in seinem Bart, räusperte sich einige Male und sagte dann: »Komm, Gabriel, wir wollen lernen.« Ohne dem Rechnung zu tragen, dass der Sinn des Knaben im Augenblick nicht darauf gerichtet sein mochte, begann Reb Mordechai mit lauter Stimme einen Satz der Schrift zu lesen, Fragen einzuschalten, zu kommentieren, zu zitieren, sich selbst zu widerlegen, – kurz jene große, komplizierte Gedankenarbeit vorzunehmen, die von den jüdischen Gelehrten mit »lernen« bezeichnet wird.

Gabriel gab sich redliche Mühe, dem Vater zu folgen, doch es ging heute nicht recht. Seine Fragen und Einwürfe befriedigten auch den Vater nicht, und als dieser an eine besonders schwierige Stelle kam, und sie ganz ausblieben, schien er es nicht zu bemerken und die Anwesenheit eines Schülers ganz vergessen zu haben. Das Feuer prasselte im Ofen, die große Wanduhr tickte, der alte Mann las in seinem Buche, bis seine Stimme zu einem Murmeln herabsank, die Pfeife ausging und er infolge von Müdigkeit oder durch den Kontrast der rauen Novemberluft zu der ihn jetzt umgebenden behaglichen Wärme fest einschlief.

Gabriel bewegte sich nicht und wagte kaum zu atmen, denn es gilt als Sünde, wenn Kinder ihre Eltern im Schlafe stören. Still saß er da, blickte nach dem Bilde seiner Mutter und fühlte sich recht einsam.

Da plötzlich hörte er Töne. Es klang wie Orgelspiel, dem Gabriel im Vorbeigehen an einer Kirche oft gerne gelauscht haben würde, wenn es der Vater nicht verboten hätte. Woher kamen diese Töne? War es eine wirkliche Menschenstimme, die jetzt zu singen anhub, oder war es ein Traum? Nein, es war Wirklichkeit, und der Gesang kam aus der Nähe. Leise, leise, als folge er einem unwiderstehlichen Zauber, erhob Gabriel sich von seinem Sitze und mit angehaltenem Atem schlüpfte er, ohne den Vater zu wecken, zur Türe und auf den Gang hinaus. Dort hatte er sich bald zurechtgefunden; neben dem Eingang in die Nachbarswohnung war ein vergittertes Fenster, durch dessen verschobenen Vorhang man leicht in das Zimmer blicken konnte.

Dort stand an der Wand ein kleines Harmonium, von kundiger Hand gespielt, und daneben erspähte der erregte Lauscher die Gestalt eines jungen Mädchens, das mit glockenreiner Stimme das Ende des Liedes »Ave Maria« sang. Der Knabe hatte noch nie so singen hören. Tief ergriffen von etwas, das seine Seele plötzlich gefangen nahm, lehnte er den Kopf gegen das Gitter und fing bitterlich zu weinen an. Spiel und Gesang verstummten. Man schien das Schluchzen drinnen vernommen zu haben, denn die Sängerin eilte ans Fenster, und als sie sah, woher die Störung kam, war sie rasch an der Seite des weinenden Knaben und sprach zu ihm. So hätte sicher seine Mutter zu ihm gesprochen, wenn sie ihr Kind in Tränen gefunden hätte. Ermutigt durch des Mädchens teilnehmendes Bemühen, gab Gabriel das Lied als Grund seiner Tränen an. Da strich sie ihm leise mit der Hand über die nassen Augen, legte leicht den Arm um seine Schulter und zog ihn mit sich ins Zimmer. Dort flüsterte sie ihrem Vater ein paar Worte zu, und Gabriel sich selbst überlassend, glitten die Finger des Musikers alsbald wieder präludierend über das Instrument. Das Zimmer war nur von zwei Lichtern, die über dem Harmonium brannten, erleuchtet, aber man sah doch auf den ersten Blick, dass es noch nicht fertig eingerichtet, noch nicht wohnlich gemacht war. Denn wenn die einzelnen Möbelstücke auch schon auf dem richtigen Platze standen, so lagen doch noch Stöße von Büchern und Noten auf dem Tische und eine Menge von eingepackten Gegenständen in den geöffneten Kisten, die einer ordnenden Hand warteten. Es schien auch, als hätten Vater und Tochter nur eben musiziert, um sich selbst über das Ungemütliche der ersten Stunden in einer fremden Behausung hinweg zu helfen. Gabriel bemerkte von all dem nichts, er befand sich noch immer wie im Traum. Regungslos stand er da, während seine Augen die Gegenstände ringsum streiften. Er erblickte auf dem Ofen in kleinem Abgusse die Büste des Apoll vom Belvedere, die in der unsicheren Beleuchtung wie belebt erschien. An der nächsten Wand waren ein paar Amoretten von Correggio, die wahrscheinlich hier nur provisorisch Raum gefunden hatten, denn nahebei in der Ecke hing ein Bild des gekreuzigten Christus, vor welchem in dem roten Glase künftighin wohl ein Lichtchen brennen würde. Auf dem Fenster standen noch ungeordnet einige Blattpflanzen, denen man die sorgfältige Pflege ansah, und ein Pfeilertischchen war dicht besetzt mit kleinen altmodischen Porzellanfigürchen, die großenteils noch aus einer Hülle von Seidenpapier herausguckten. All das sah Gabriel nur flüchtig, denn sein Blick blieb gefesselt von jenem Teil des Zimmers, den er zuerst gesehen hatte. Dort hingen, günstig beleuchtet, in prächtigen Kopien die Madonna del Granduca, die beiden Johannes-Knaben von Murillo und Rafael und die Engelchen der Sixtinischen Madonna, die zu jenen aufzublicken schienen. Dabei stand ein kleines blondes Mädchen und sang mit süßer Stimme ein altes Kirchenlied. Als sie geendet hatte, seufzte Gabriel tief auf. Wieder sprachen das Mädchen und der Musiker freundlich zu ihm, doch nur mechanisch beantwortete er alle Fragen, und ebenso gab er Magdalenen, der Sängerin, als sie ihn zur Türe begleitete, das Versprechen, wiederzukommen, wenn sie singe. Dann huschte er schnell, als hätte er ein Unrecht begangen, in das kaum vor einer Viertelstunde verlassene Wohnzimmer, wo er seinen Vater noch in unveränderter Stellung schlafend fand. Froh darüber, dass dieser seine Abwesenheit gar nicht bemerkt hatte, suchte Gabriel trotz der ungewohnt frühen Stunde sein Lager auf, denn was würde der Vater zu der sonderbaren Erregung, die sich seines Sohnes bemächtigt hatte, gesagt haben? Doch schlafen konnte er noch lange nicht. Tausende von neuen Vorstellungen jagten sich in seinem Kopfe, Tausende von Fragen, die unbeantwortet blieben.

Warum hatte der Vater ihn gelehrt, man dürfe keine Bilder machen, warum war alles aus dem Hause verbannt, was Schönheit darstellte? War es Sünde, sich der Schönheit zu freuen? Hätte Gott die Schönheit geschaffen, wenn der Mensch sich ihrer nicht freuen dürfte? Warum musste er immer in fremder Sprache beten, sind jene Menschen schlechter, die nach freiem Bedürfnisse, jeder in seiner Weise, zu Gott beten? – Ganz klar wurden Gabriel an jenem Abende weder die Vorstellungen noch die Fragen, die sich ihm aufdrängten als Folge jenes einzigen Einblickes in ein Kultur- und Geistesleben, dem er bisher absichtlich ferngehalten worden war.

Bis weit über die Träume einer Nacht verfolgte ihn die Erinnerung an den Apoll und die blonde Madonna, die so schön sang, und ganz gerechtfertigt war das besorgte Kopfschütteln Reb Mordechais, als er später hörte, wie Gabriel im Schlafe wirre, unverständliche Dinge sprach.

Monate waren vergangen. Nach wie vor ging Reb Mordechai seinen verschiedenen Berufsgeschäften als Vorsteher der Gemeinde, als Lehrer der Talmudschule nach, doch wer ihn kannte, musste bemerken, dass ihn seit Kurzem etwas nicht nur beschäftigte, sondern auch schwer bedrückte. Dieses Etwas war die Zukunft seines Sohnes, sein Stolz, seine Hoffnung. Er hatte Gabriel von dessen ersten Lebensmomenten an zum Rabbiner bestimmt und dessen ganze Erziehung dahin zielend geleitet. Bis zu seinem zwölften Jahre war der Knabe in eine jüdische Volksschule gegangen, und seit seinem Austritte aus derselben wurde seine ganze Zeit, oft mit Zuhilfenahme der Nacht, talmudischen Studien gewidmet. Ob das mit der Neigung des Knaben übereinstimme, unterzog man keiner Frage, denn welcher Beruf, welche Beschäftigung wäre befriedigender und so gottgefällig gewesen, als das Studium des Talmud?

Noch lange nachdem Gabriel das dreizehnte Jahr und somit die moralische Mündigsprechung erlangt hatte, war er fügsam geblieben und willenlos den Bestimmungen und Anordnungen seines Vaters gefolgt und hatte sich die größte Mühe gegeben, den Ansprüchen seiner Lehrer zu genügen. Zweifel über die Notwendigkeit und Zweckdienlichkeit seines Studiums waren ihm nie aufgestiegen, da er nie darüber nachgedacht hatte; und was hätte ihn zum Vergleichen, zum Denken und Urteilen anregen sollen, da er nichts kannte, als Haus und Schule, da alle Menschen, mit denen er verkehrte von den gleichen religiösen und allgemeinen Anschauungen durchdrungen waren? Damit ist aber noch nicht gesagt, dass Gabriel, so weit dies von einem Wesen, das noch halb ein Kind ist, gelten kann, sich glücklich fühlte. Das schwer drückende Gefühl, das ihn oft beschlich, die unerklärliche Sehnsucht nach etwas, das er nicht nennen konnte, er führte sie zurück auf seine Einsamkeit, darauf, dass er nicht Mutter, nicht Geschwister hatte.

Die an jenem Winterabende so plötzlich gemachte Bekanntschaft mit dem Musiker und dessen Tochter bezeichnete für Gabriel einen Abschnitt seines Lebens. Er war zum ersten Mal mit Menschen zusammengekommen, die anders dachten als sein Vater und darum doch nicht schlechter schienen.

Reb Mordechai erfuhr nicht, auf welche Weise Gabriel mit den Nachbarn bekannt geworden war, und er nahm auch anfangs die Tatsache als eine ziemlich gleichgültige entgegen, denn er ahnte nicht, von welcher Tragweite sie sein würde. Gabriel mochte fühlen, dass sein Vater nicht wissen dürfe, wie tief der Eindruck gewesen, den er empfangen, und wie sehr der neue Umgang ihm schon Bedürfnis geworden, denn ohne ihn direkt hintergehen zu wollen, richtete er seine Besuche drüben immer so ein, dass der Vater zur selben Zeit nicht zu Hause war. Mit dem Momente aber, da er über die Schwelle seiner neuen Freunde trat, fühlte er sich wie in einer anderen Atmosphäre. Er hatte einmal irgendwo gelesen, es gäbe eine Luftart, wenn man in diese ein Vögelchen sperre, dann flöge es doppelt so lustig und schmettere seinen Sang doppelt so hell und froh – nur müsse es bald sterben. Ähnlich meinte er sich zu fühlen, wenn er zuhörte, wie Sebastian Hiller spielte, Magdalene sang, oder wenn er in den zahlreichen Bildermappen blättern durfte, die den Schatz des Hauses bildeten, wie zitterte er für das Fortbestehen dieser Wonne!

Einmal saß er auch Magdalenen gegenüber und lauschte ihren Worten, die die Erklärung zu den verschiedenen Kupferstichen gaben. Spielend hatte er einen Bleistift zur Hand genommen und auf den Rand eines Blattes ein kleines Köpfchen gezeichnet: nur wenige ungelenke Striche, aber in unverkennbarer Ähnlichkeit die Züge Magdalenens.

Als er sich entschuldigte, das Blatt verdorben zu haben, nahm Magdalene die Zeichnung, betrachtete sie, und sagte dann in ihrer ruhigen Weise: »Sie haben entschiedenes Zeichentalent, Gabriel, sie sollten es pflegen.« Dunkelrote Glut der Überraschung, der Freude und Beschämung überflog das Antlitz des Knaben.

»Glauben Sie, glauben Sie wirklich, dass ich imstande wäre, jemals Ähnliches zu leisten –«, und er deutete auf die Mappe, die aufgeschlagen vor ihm lag.

»Nun, nun, nicht so hitzig, es hat auch Künstler gegeben, die ohne Dürer und Rembrandt zu sein, dennoch glücklich waren in ihrem Schaffen. Vor allem müssen Sie lernen.«

Da Magdalene sich bereitwillig dazu erbot, und Gabriel begeistert zustimmte, so wurde gleich eine Unterrichtsstunde festgesetzt, in welcher sich Lehrerin und Schüler in der Folge als gleich tüchtig und ausdauernd erwiesen. Gabriel machte bald sichtliche Fortschritte und freute sich derselben; er wäre aber noch froher gewesen, wenn sein Vater darum gewusst hätte, doch er wagte nicht, ihm von seiner entdeckten Befähigung zu sprechen, denn er wusste nur zu genau, wie der Vater über alles dachte, was nicht Talmud hieß oder ein Geschäft war. Dennoch fingen an in Gabriel Gedanken rege zu werden, die ihn schaudern machten, vor der Vorstellung, sein ganzes Leben hinter toten Folianten verbringen zu müssen und sich mit Auslegungen und deutelnden Wortgefechten zu beschäftigen, während es doch Leben und Schönheit in der Welt gibt. Derartige Betrachtungen, die er anfangs fast unbewusst machte, trugen eben nicht dazu bei, ihn für seine Lehrstunden in der Talmudschule aufmerksamer und eifriger zu machen, und gerade jene Zerstreutheit und vorkommende Lässigkeiten waren es, die der Vater bemerkte und die ihm zu denken gaben. –

An einem schönen Maienabend trat der Alte nach beendigter Schule wieder den Heimweg an. Nachdenklich, gebeugten Hauptes, die Hände auf dem Rücken gefaltet, schritt er einher. Als er auf dem Brunnenplatz von der gegenüberliegenden Seite einen Blick auf die Fenster seiner Wohnung warf und dort den Kopf seines Knaben sah, der vermutlich in irgendein Buch vertieft war, denn er blickte nicht auf, da überflog das Antlitz Reb Mordechais ein Strahl von Glück und Stolz.

»Gott erhalte ihn mir nur gesund und fromm und fleißig –«, dachte er, als er die Treppen hinaufstieg und leise die Türe des Wohnzimmers öffnete. Dort saß Gabriel in der Nische des Fensters, die sein Lieblingsplatz zu sein schien, und auf den Knien hielt er, nicht wie sein Vater vermutet hatte, einen Band aus der hebräischen Bibliothek, sondern ein Reißbrett, darauf nahezu vollendet eine Zeichnung der Büste des Apollo aufgespannt war. Er hielt den Stift in der Hand, nicht ahnend, dass der Vater nahe war und dass seinem stillen Fleiße, seinen schüchternen Träumen mit einem Mal ein Ende gemacht werden sollte. Der Ausdruck von Zufriedenheit schwand aus dem Gesichte des alten Mannes, als er im Eintreten bemerkte, dass es kein Buch war, mit dem Gabriel sich beschäftigte. Misstrauen war es, das aus seinen Zügen sprach, während er langsam, vorgestreckten Kopfes sich unbemerkt dem Zeichnenden nahte, das sich aber in heftigen Zorn verwandelte, nachdem er unter den buschigen Augenbrauen hervor einen forschenden Blick auf die Arbeit des Knaben geworfen hatte.

»Was soll das bedeuten?«, schrie er. Zu Tode erschrocken blickte Gabriel auf. Als er den Vater in Wut vor sich stehen sah, entsanken Zeichnung und Stift seinen Händen. Der Alte bückte sich danach, hielt Gabriel das Brett so dicht vor die Augen, dass dieser zurückfuhr und schrie abermals: »Was soll das bedeuten, frag ich dich? Wer hat dich geheißen, deine Zeit mit solchem Geschmier zu vergeuden, und wer hat es dich gelehrt? Den soll doch der Zorn –«

Gabriel, der auf die rasch hervorgestoßenen Fragen keine Antwort gegeben, fiel jetzt dem Vater, ehe er den begonnenen Satz vollenden konnte ins Wort: »Fluche ihr nicht, Vater! Ich bin ihr dankbar dafür, dass sie mich gelehrt hat –«

»Wer ist sie? Wer hat dich gelehrt?«

»Magdalene lehrte mich die schönen Züge des Gottes–«

»So, so bläst der Wind daher! Also die Tochter des Musikanten ist es, die dir allerlei schöne Künste vormacht und dich lehrt und dich in ihre Netze locken will, um eine Seele für die alleinseligmachende Kirche zu gewinnen! Niederträchtige Schlange! Und du, hast du vergessen, dass geschrieben steht: ›Ihr sollt euch keine Bilder machen von fremden Göttern‹, und bist du schon so durchdrungen von dem Gift, das du eingesogen hast, dass du mir mit frecher Stirn sagst, du hättest einen Gott gezeichnet? Hast wohl gar schon niedergekniet vor den Altären jener, deren Sinne durch den Geruch des Weihrauchs betäubt und verwirrt werden, und die sagen: ›Gott ist Mensch geworden, Gott der Einzigeinige sei dreigestalt!!‹ Weh mir, weh mir! Lieber wollte ich, du hättest nie das Licht der Welt erblickt, als dass ich an meinem Kinde erleben musste, dass es abtrünnig geworden von der Lehre seiner Väter –«, und der Alte schlug die Hände vor dem Gesicht zusammen und weinte in bitterem Schmerze.

»Vater, du tust Magdalenen Unrecht und mir auch. Es ist ihr nicht eingefallen, mich für ihre Kirche gewinnen zu wollen, und mir nicht – unserem Glauben abtrünnig zu werden. Sie lehrte mich bloß so viel des Schönen kennen, davon in unserer Schule nie gesprochen wird, und lehrte es mich nachbilden; das kann kein Unrecht sein, Vater, weder gegen Gott, noch gegen die Menschen. Gott hat die Schönheit geschaffen, Gott hat mir ein Talent gegeben, erlaube, dass ich es pflege, damit es gedeihe, dass ich ein Künstler werden kann, und gottbegnadet, nicht gottlos wird man mich nennen.«

Woher der Knabe nur plötzlich den Mut genommen, auszusprechen, was er bisher kaum zu denken gewagt!

Er schien gewachsen, größer und älter geworden in dem Momente, da er beschwörend dem Vater die Hände entgegenstreckte, und dieser blickte ihn auch jetzt an wie eine fremde Erscheinung aus einer fremden Welt.

»Ist's Gabriel, der zu mir spricht; mein Kind, das unter meinen Augen aufgewachsen, das ich gehütet und gepflegt? Nein, das ist mein Gabriel nicht! – Ein Künstler willst du werden«, sprach er weiter, indem der Zorn in ihm zu neuer Glut entflammte. – »Künstler! Das ist, ein lotteriges Vagabundenleben führen, das heißt keine Tephilin legen, keinen Schabbes halten und essen und trinken ohne Wahl und dabei Götter malen und Heiligenbilder! Großer Gott, wie danke ich dir, dass es dir in deiner Weisheit gefallen hat, mein Weib zu dir zu nehmen, so ist es ihr erspart geblieben, diese Schande zu erleben!« –

Und wie niedergeschmettert von der Wucht all dessen, was er erfahren hatte und noch kommen sah, sank der alte Mann in einen Stuhl. – Der Knabe kniete an seiner Seite nieder und umfasste den starr und regungslos Dasitzenden.

»Vater, sprich nicht so harte Worte, wenn meine Mutter lebte, sie hätte sicherlich mit mir gebetet, dass ich nicht immer nur aus den alten Büchern lernen muss, sondern dass ich auch –«

»Nun ist's genug«, rief auffahrend der Alte. »Willst du deinen Vater und das Andenken deiner Mutter höhnen? Hast du auch schon vergessen, dass es heißt: ›Du sollst Vater und Mutter ehren!‹ – Weit ist's mit dir gekommen, wahrlich! Hinter meinem Rücken ist Unkraut gesät worden und die Saat ist aufgegangen; doch es soll noch nicht zu spät sein, ich will sie vernichten und Gott soll mir helfen.« Zitternd vor Aufregung, mit fliegendem Atem bemächtigte er sich jetzt des Stiftes, zerbrach ihn, zerriss die Zeichnung in kleine Stücke und mit hartem Griffe fasste er dann die Hand des lautlos dastehenden Knaben und führte ihn in die Schlafkammer.

»Das Zimmer verlässt du nicht, bis ich dich hole. Denke nach über das Leid, das du mir angetan!« Damit schlug er die Türe ins Schloss und abermals rannen große Tränen über seine gefurchten Wangen in den grauen Bart.

Die Tage der Gefangenschaft, die nun für Gabriel folgten, konnten ihm als ebenso viele Wochen erscheinen, denn er blieb vollständig allein, sich selbst und seinen sich allmählich klärenden Gedanken und Empfindungen überlassen, die in ihm wogten wie vom Sturme gepeitscht. Bald bäumte sich sein Trotz auf gegen den Willen des Vaters, bald fühlte er sich wieder durch die Pflicht in die Bahnen des kindlichen Gehorsams gedrängt. Während er hier die gerade, eintönige Straße sah, von dem milden Scheine väterlicher Fürsorge erleuchtet, so ahnte er anderswo einen Lebenspfad, der, wenn auch über Hindernisse, ihn zu einer ungekannten, von goldenem Lichte durchstrahlten Welt zu führen schien. Und Magdalena? Wenn sie wüsste, wie der Vater von der Kunst dachte, die sie ihn, Gabriel, lieben gelehrt! Und doch, Magdalena hatte recht, nicht der Vater: Man ehrt seinen Gott nicht besser, wenn man der Schönheit die Sinne verschließt.

So ward es denn Gabriel zum ersten Male in seinem Leben klar, dass sein Vater nicht unfehlbar sei, weder in seinen Ansichten noch in seinem Urteile. Die Pietät lehrte ihn wohl die Gründe suchen, die des alten Mannes Urteil bestimmt haben mochten, er erkannte sie, er musste sie achten, aber er konnte sich nicht zu ihnen bekennen, und so prüfend und erwägend gelangte Gabriel dazu, innerlich freier, dem

Vater gegenüber duldsam zu werden. Nur leider hatte die größere innere Freiheit vorläufig noch keinerlei Einfluss auf das äußere Leben des Knaben. Was nützte es ihm, in Gedanken schon manches abzulehnen, das ihm vor Kurzem noch unbezwingbar, ja notwendig erschienen, fehlte ihm doch die Macht, auch nach außen die Fesseln abzustreifen.

Eines Tages, seine Haft hatte schon eine Woche lang gedauert, schien es ihm, als sei die alte Sarah, da sie ihm sein Mittagsbrot brachte, noch wehmütiger und mehr zu Tränen geneigt als sonst. Ein ernstes Verbot musste ihr die Zunge gesiegelt haben, denn sie begnügte sich, ihrem Liebling schmeichelnd über die dunklen Locken zu fahren. Dann brach sie in heftiges Weinen aus und lief schnell zur Türe hinaus. Was sollte das bedeuten? Gabriel blieb nicht lange Zeit, darüber zu sinnen, denn bald darauf trat der Vater ins Zimmer, gefolgt von einem älteren Mann.

»Gabriel, dies ist dein zukünftiger Chef. Ich hoffe, du wirst mir keine Schande machen, ein braver Mann – ein tüchtiger Kaufmann werden – und nun geh mit Gott!«

Reb Mordechai hatte die Worte mit rauer Stimme hervorgepoltert und legte jetzt seine Hände segnend auf das Haupt des Knaben. Gabriel wusste nicht, wie ihm geschah. In der Türe erschien Sarah mit einem Reiseköfferchen, die beiden Männer schüttelten sich die Hände, Gabriel fiel schluchzend seinem Vater um den Hals und dieser, unfähig ein Wort weiter zu sprechen, drängte den Knaben zur Treppe. Vor dem Hause stand ein einspänniger Wagen, der den neuen Lehrling und dessen Chef zum Bahnhof brachte.

Reb Mordechai sank im Wohnzimmer in seinen Stuhl; Sarah stand, mit der Schürze die Augen trocknend, am Fenster und sah ihrem Liebling, dem Goldkind nach, solange sie den Wagen erblicken konnte.

»Es musste sein«, murmelte der alte Mann. »Besser, ich entbehre die Sonne meiner Tage, den Trost meines Alters, als dass er Schaden nähme an seiner Seele!« Schweren, müden Schrittes holte er dann seinen Talmud herbei, aber es wollte nicht recht gehen mit dem »Lernen«. –

Ein Jahr war nun verstrichen. Jede Woche brachte einen Brief in das Haus am Brunnenplatz, und es gehörte zu den Sabbatfreuden des alten Mordechai, denselben immer wieder zu lesen.

Die Nachrichten, die Gabriel von sich gab, waren knapp genug; Freude oder Befriedigung über seinen neuen Beruf konnte man denselben nicht entnehmen, ja, mit einigem Scharfsinn wäre zwischen den Zeilen zu lesen gewesen, wie schwer die junge Seele sich dem veränderten Joch beugte. Aber der Vater las nur, dass Gabriel gesund sei und fromm blieb, und er dankte seinem Gotte täglich dafür, dass er ihm den Gedanken eingegeben, sein Kind schnell diesem schädlichen Einflüsse zu entziehen und in die reine Sphäre eines ebenso konservativen wie soliden Handlungshauses zu verpflanzen.

Eines Nachmittags nahm Sarah dem Boten einen Brief ab und brachte ihn Reb Mordechai. Sie hatte gleich bemerkt, dass die Adresse von anderer Hand geschrieben war als von ihrem Gabriel, wenn auch der Poststempel einen Brief Gabriels vermuten ließ. Wer konnte es der treuen Person übelnehmen, dass sie sich im Zimmer zu schaffen machte, während der Empfänger langsam den Umschlag öffnete. Auch innen fremde Schriftzüge?! Was mochte geschehen sein? Reb Mordechai las lange, bis er den Sinn des Schreibens erfasst hatte.

»Sehr geehrter Herr!

Zu meinem großen Bedauern sehe ich mich zu nachstehender Mitteilung veranlasst. Ihr Sohn Gabriel, der während eines Jahres trotz der liebevollsten Aufmunterung meinerseits nur mit sichtlichem Widerwillen und darum geringem Erfolge in meinem Kontor gearbeitet, hat die Sabbatruhe benützt und ist gestern aus der Stadt flüchtig geworden. Er hinterließ einen Brief, in dem er schreibt, dass er eine unüberwindliche Abneigung gegen den Kaufmannsstand empfinde. Ich kann Ihnen den gerechten Kummer, den Sie durch diese Nachricht erfahren, nicht ersparen und stelle es nur noch Ihrem väterlichen Ermessen anheim, ob ich polizeiliche Recherchen einleiten soll, und erwarte diesbezüglich Ihre telegrafische Weisung.

Mit der Versicherung, dass unsere persönlichen Beziehungen durch den leidigen Zwischenfall in keiner Weise gelitten haben, zeichne

hochachtungsvoll

S. M. Goldschmidt.«

Sarah hatte halb ängstlich, halb neugierig den Eindruck des Briefes auf ihren Herrn beobachtet.

Endlich schien er ihn zu Ende gelesen zu haben.

»Gabriel, Gabriel«, sagte er mit tonloser Stimme –

In einem dunklen Hauseingang der innern Stadt von Wien, unter einem Schilde, das in fächerförmiger Anordnung sämtliche Farben des Regenbogens zeigte und die Aufschrift »Straubinger, Schilder- und Schriftenmaler« trug, verabschiedeten sich einige junge Leute nach getaner Arbeit voneinander. Zwei von ihnen versuchten das Handwerksmäßige ihres Berufes durch breitrandige Hüte zu verdecken, ein Dritter hatte es nicht der Mühe wert gefunden, seine graue, farbbekleckste Hose abzulegen, der Vierte stand schüchtern in ärmlicher, nicht charakteristischer Kleidung dabei.

»Wir zwei gehen kneipen«, sagte der mit dem breitrandigen Hute, »wer geht mit?«

»Ich gehe auch ins Wirtshaus«, sagte der mit der grauen Hose, »aber in kein so nobles wie ihr. Mir sind die Künstler egal, und mir ist zuwider, von Sachen reden zu hören, die ich doch nit versteh.«

»Und du, Gabriel, gehst mit?«, fragte in einer Anwandlung von Gutmütigkeit einer der Künstler.

»Ja freilich, der Gabriel«, sagte rasch und höhnisch der Graubehoste, »der Gabriel, der ist der Wahre, der ins Wirtshaus geht! Der Jud' verträgt ja nix. Ich tät'n auch gar nicht mitnehmen wollen an eurer Stell, mit seiner trübseligen Phisionomie, die mir beim sechsten Krügel schon ohne ein Wort zu reden sagt, Franz, du bist ein –«

»Ich kann nicht so viel trinken wie Sie alle«, sagte der mit Gabriel angesprochene junge Mann, als gälte es, eine beschämende Anschuldigung zurückzuweisen, »und mein Wochenlohn ist auch so gering, dass ich –«

»Möchtest halt gern so viel bekommen wie wir, damit du nebstbei ›e Geschäftche‹ betreiben kannst«, äffte der erste Künstler.

»Auch wenn's nicht ganz sauber wär'«, ergänzte voll moralischen Behagens der Zweite.

Gabriel stieg eine rasche Blutwelle ins Gesicht. »Ich hab in meinem Leben noch kein unsauberes Geschäft betrieben, aber wenn der Herr Straubinger mich bezahlen würde, wie sich's gehörte, dann würde ich mein Geld auch nicht vertrinken, sondern zu meiner Ausbildung verwenden.«

»Da seh einer den Juden an, wie der auf einmal das Maul voll nimmt.«

»Der Duckmäuser tut immer, wie wenn er nicht drei zählen könnte.«

»Ich sag's dem Meister, dass der Jud austrompetet, er tat seine Arbeiter schlecht bezahlen.«

»Der Meister hat ohnedies einen Pick auf dich, pass auf, morgen fliegst zum Tempel 'naus.«

»Bis nach Jerusalem!«

Allgemeines Gelächter belohnte den köstlichen Witz und beendete das Gespräch der Gesinnungsgenossen.

»Adieu, Pepi! Adieu, Poldi!«

Für Gabriel, der nur unter der Toreinfahrt stehen geblieben war, weil er nicht den Mut gehabt hatte, als erster fortzugehen, fiel kein Gruß, kein Wort mehr. Er fühlte es als Erlösung, als die drei jungen Leute ihn stehen ließen.

Bei der gegen ihn ausgesprochenen Drohung war er noch um einen Schatten blässer geworden.

»Das war kein Spaß«, flüsterte er vor sich hin, indem er mechanisch den Heimweg einschlug. »Der Meister wartet wirklich nur auf eine Ausrede, um mich fortzujagen. Ohne Arbeit – ohne Brot. Auserwähltes Volk – auserwählt, um getreten zu werden! Auf was sind wir stolz? Auf unsere Fähigkeit zu leiden!?«

Gabriel hatte nicht weit zu gehen, um nach Hause zu kommen, von der Wollzeile in die Domgasse. Seit drei Monaten wohnte er dort bei einer Frau, die ihren Unterhalt durch Sticken erwarb. In der Küche, die doch nur selten ihrer eigentlichen Bestimmung diente, hatte er ein Bett, ein sogenanntes Tafelbett, als Schlafstätte gemietet. Als Gabriel träumerisch langsam die vielen Treppen des altertümlich gebauten Hauses erklomm, hatte seine »Quartierfrau«, ein Krügel Bier und sonstige Zutaten zu einem bescheidenen Nachtmahl in den Händen tragend, es dennoch fertiggebracht, dem geistlichen Herrn, der im zweiten Stock wohnte, an seiner Türe die Hand zu küssen. Sie schien schon eine längere Unterhaltung mit ihm geführt zu haben, denn der Schaum des Bieres war schon ganz verlaufen.

»Wenn man den Esel nennt, kommt er gerennt«, sagte Frau Wewerka halblaut, als sie Gabriel kommen sah.

Sie hätte die mehr sprichwörtlich als böswillig gemeinte Äußerung auch lauter tun können; Gabriel bemerkte die Frau erst, als sie, auf ihn wartend, ihn direkt ansprach.

»Herr Gabriel, sie kommen wie gerufen, ich hab schon mit Schmerzen auf sie gewartet. Sechs Monogramme in Taschentücher sind bestellt worden. P.S. oder J.P. oder gar ein weiches P. Jesus, jetzt weiß ich's nimmer! Aber das kommt davon, weil Sie so spät kommen – und ein Haussegen is bestellt. Glaube, Liebe, Hoffnung auf weißem Atlas. Sie können doch auch auf weißen Atlas zeichnen? Herr Gabriel, wissen's was, zeichnen's in die Taschentücher, was sich schöner macht vor dic zwei Buchstaben, ein weiches oder ein hartes P. Die Dame hat auch noch eine Dornenkrone und ihren Haussegen haben wollen, aber die hab ich ihr ausgeredet, die Arbeit mit die vielen Zweigerl wird einem doch nicht bezahlt. Aber nicht wahr, Herr Gabriel, Sie fangen gleich zum Zeichnen an, damit ich morgen gleich zum Sticken anfangen kann. Nachher hab ich auch noch eine Überraschung für Sie! Auch abrechnen müssen wir später, wenn sie gezeichnet und ich gegessen hab. Morgen is der Zins, Herr Gabriel, sonst hätt ich so nix g'sagt.«

Richtig, morgen ist der Erste! Wenn der Wochenlohn des Herrn Straubinger, wie sicher zu erwarten stand, nun ausblieb, dann gab's so schnell keine Arbeit und Geld wieder. Gabriel hatte schon rückständige Miete bei Frau Wewerka, trotzdem er ihr alle Zeichnungen als Abzahlung lieferte – und Frau Wewerka war selbst eine arme Frau.

Dies waren die Erwägungen, als Gabriel sich still an den Küchentisch setzte und aus der Schublade desselben ein Schälchen mit blauer Farbe, Pinsel und Feder herausholte. Die Taschentücher, die er nach Geschmack mit B. oder P. zeichnen sollte, lagen schon bereit auf dem Tisch. Als er eines auffaltete, um die Ecke auszumessen, flog ihm ein an ihn adressierter Brief entgegen, – jedenfalls die Überraschung, von der Frau Wewerka ihm gesprochen hatte. Er erschrak. In den ersten Monaten nach seiner Flucht »aus dem Gefängnis« hatte Gabriel mit fieberhafter Ungeduld auf einen Brief gewartet. Es kam keiner. Sein Vater hatte jedes seiner Schreiben unbeantwortet gelassen und der väterliche Zorn lastete schwer auf dem Gemüte des jungen Mannes. Den Willen der Eltern zu ehren, war ihm frühzeitig und strenge eingeprägt worden. Wie musste er unter dem Drucke seiner Lehrlingsschaft gelitten haben, dass er die Fessel von sich geworfen hatte gegen den Willen des Vaters. Doch nicht weniger litt er seither unter der Unzugänglichkeit und Unversöhnlichkeit des alten Mannes, darunter, dass dieser ihn nicht verstehen wollte, dass er ihn für schlecht hielt, weil er den alten Satzungen untreu geworden war. Nun kam nach drei Jahren ein Brief. Die Handschrift des Vaters trug er nicht; die steif gemalten Buchstaben waren ihm ganz unbekannt. Das heftige Klopfen seiner Pulse raubte ihm fast den Atem, als er den Umschlag des Briefes öffnete, und auf grobem Papier, dessen ursprüngliche Bestimmung sicher nicht die war, einem Briefe zu dienen, sah er in krausen Zügen jene Hieroglyphen, hebräische Kurrentschrift, die ihm in seiner Jugend so vertraut geworden waren.

Ein Blick auf die Unterschrift lehrte ihn, dass er einen Brief von seiner alten Hüterin Sarah in Händen habe. Es musste Wichtiges sein, das sie Gabriel zu sagen hatte, denn den groben, arbeitsharten Fingern fiel es schwer, die Feder zu führen.

Der junge Mann las:

»Mein Gabriel, mein Goldkind!

Es war nicht meine Schuld, dass ich dir nicht geschrieben habe. Er hat es nicht erlaubt, kein gutes Wort für dich, seitdem du wie ein Dieb durchgegangen bist, so sagte er. Ich wusste es freilich, dass du kein Dieb bist, und Fräulein Magdalene sagte immer, du könntest schönere Bilder malen, als die im Wohnzimmer hängen. Aber es hat ihn immer so aufgeregt, wenn ich von dir gesprochen habe und besonders in der letzten Zeit. Ich wollte dir schreiben, ehe es zu spät war, aber es kam schneller, als man denken konnte und ich will nur trachten, dass sie das Begräbnis aufschieben, bis du hier bist, denn sein letztes Wort war doch Gabriel. Seitdem er tot ist und ich niemanden zu pflegen und zu bedienen habe, meine ich, ich muss auch sterben, aber ich warte noch auf dich.

Deine Sarah.

Nachschrift: Fräulein Magdalenens Vater ist auch gestorben und sie ist zu Verwandten gezogen.«

Tot, tot! Wann war es? Ein hastiger Griff nach dem Briefkuvert. Der Brief war schon in verschiedenen Wohnungen gewesen, war nachgeschickt worden und war zu spät gekommen.

»Sie haben mich nicht erwarten können. Alles ist vorbei! Keine Verzeihung – und doch, Sarah schreibt, sein letztes Wort war Gabriel. Wenn ich in den drei Jahren schon etwas geworden wäre und hätte vor ihn hintreten können und sagen: ›Vater, auch mein Weg ist ehrenhaft und führt zu gutem Ziel‹ – Mutter, Mutter, du hättest mich vielleicht verstanden! Warum hast du mich nicht mitgenommen? Wenn ich nur wüsste, ob ich schlecht bin! Ja, ich bin schlecht, denn ich habe meinen Vater allein gelassen; ich bin schlecht, denn ich wollte klüger sein als er. Ich habe Hirngespinsten nachgejagt und über Träumen von Schönheit und Ruhm meine nächste Pflicht versäumt –«

Gabriel fuhr von seinem Sitze auf. Gleichmütig tickte die Küchenuhr und Frau Wewerka führte im Nebenzimmer ein böhmisches Selbstgespräch. Die engen Wände des kleinen Raumes drückten ihn, und abermals überkam ihn das schreckliche Gefühl, im Gefängnis zu sein. Da hörte er im Nebenzimmer einen Sessel rücken, das Zeichen, dass Frau Wewerka gleich erscheinen werde und reden ohne Aufhören.

»Nur das nicht«, flüsterte Gabriel und schlüpfte zur Tür hinaus.

Das unsicher und flackerig erleuchtete Stiegenhaus, in das Gabriel scheuen Schrittes trat, erschien ihm so unheimlich, dass er mehrere Treppen auf einmal nahm und planlos fortlief. Dabei hatte er plötzlich das Gefühl, als werde er auf der unteren Stiege von einem schwarzen Schatten verfolgt.

»Das böse Gewissen«, sagte er halblaut und eilte, so rasch er konnte, um dem dunklen Toreingang zu entfliehen und unter Menschen zu kommen. Menschen, ja, Menschen waren es, die jetzt zwischen sieben und acht Uhr abends die innere Stadt zu Tausenden durchfluteten, aber fremde Menschen. Keine Seele, zu der er hätte sprechen können, kein Freund, den er hätte befragen können in dem schmerzvollen Zweifel, der sein Inneres durchnagte.

Die geschäftigen Menschen stießen, drängten den jungen Mann, der im Glanze der Lichter und Laternen so blass und elend aussah, und manch mitleidiger Blick streifte ihn, der ohne Hut mit wirrem Haupthaar und kraft- und ziellosem Gang langsam dahinschlenderte. Der Menschenstrom trieb ihn die Rothenturmstraße hinunter, doch niemand blieb stehen, ihm die quälenden Fragen zu beantworten: Bin ich schlecht? Warum lebe ich? So erreichte er den Quai und die Brücke und unter der Brücke sah er die tanzenden Lichter. Wohin? Wohin?

Abwärts, abwärts dem großen Strome zu, der am Grabe des Vaters vorbeifließt!

»Nehmt mich mit! Ich will ihm sagen, dass ich nicht schlecht sein wollte.«

Und er beugte sich und neigte sich über das Geländer der Brücke, und die tanzenden Lichtlein unten hätten ihre Lockung vollbracht, wenn nicht eine Hand den sich vorbeugenden Körper kräftig zurückgerissen hätte.

Gabriel stand einem Manne gegenüber, den der lange schwarze Rock und der eigentümliche Halskragen alsbald als katholischen Geistlichen erkennen ließen.

»Was wollen sie von mir?«, herrschte Gabriel ihn an.

»Ich will nichts von Ihnen. Ich will nur meine Pflicht tun, die darin besteht, den Bedrängten beizustehen und den Verzweifelnden zu helfen.«

Ganz ruhig und wie selbstverständlich legte der Geistliche seinen Arm in den Gabriels. Es war ein eigentümliches Gefühl, das Gabriel nun mit einem Mal überkam.

Das Seltsame, Wunderbare, Unmögliche, das er noch vor einigen Minuten herbeigesehnt hatte, war zur Tatsache geworden: Aus der wirren, fremden Menschenmasse hatte sich ein Mensch losgelöst, um an seinem Schicksal teilzunehmen! Dieser Mensch, er trug zwar jenen Rock, den man ihn von frühester Jugend an hassen gelehrt hatte, weil er das Abzeichen der Ungläubigkeit und der Verfolgung für seinen Stamm war, – aber jetzt lag der Arm seines Trägers fest und liebevoll in dem seinen. Das Bedürfnis nach Anschmiegung und die Sehnsucht danach, verstanden zu werden, waren so übergroß und mächtig in Gabriel, dass er wie ein Kind willenlos sich der Führung des Geistlichen hingab.

Dieser vermied es, die volksbelebten Straßen zu durchschreiten. Gassen und Durchhäuser emsig durchschneidend, kehrte er schließlich doch wieder auf den Stephansplatz zurück und betrat mit dem jungen Mann durch ein Seitenpförtchen den Dom. An der Schwelle wollte

Gabriel sich losreißen. »Ich bin schlecht«, murmelte er mit halberstickter Stimme.

Da fasste ihn sein neuer Freund mit festem Griff. »Du bist nicht schlecht. Ich kenne dich; ich habe dich schon lange beobachtet. Du bist ein unglückliches Menschenkind. Was deine Seele braucht, ist Liebe und Schönheit und Kunst, und das sollst du bei uns finden.«

Es brauste die Orgel in mächtigem Klang; berauschende Wolken von Weihrauch schlugen den Eintretenden entgegen; Lichter blitzten auf wie aus weiter, weiter Ferne, und die aufstrebenden Pfeiler schienen sich in Unendlichkeit zu verlieren.

Gabriel sank in einem Betstuhle vor einem bekränzten Bildnisse der Madonna regungslos wie entseelt zusammen.

Köstlicher Frühlingssonnenschein lag auf den Kieswegen und den symmetrisch zugestutzten Hecken und Bäumen des Belvederegartens. Die jungen knospenden Triebe drängten den warmen Strahlen so energisch entgegen, als hätten die alten Stämme nie erfahren, was eine Gartenschere sei. Vielleicht wollten sie's aber auch nur den Menschen zeigen, wie man's machen müsse: kräftig drauflos gewachsen, wenn's geht und solang es geht! Auch den Sandsteinsphinxen, die anscheinend so gedankenvoll in die Luft starrten, schien die Sonne fröhlich entgegen, als wollte sie ihnen sagen: Das Rätsel des Lebens ist gelöst, die Losung heißt Freude und Schönheit.

Und inmitten des Gartens in dem Palaste, der jahrzehntelang schon der Kunst geweiht war, da hingen tausendfältig die Versuche, einen Teil der Lösung des Lebensrätsels in Farben und Formen dem Menschen klarzumachen.

Wie die Natur in ihren sich immer gleichbleibenden Elementen mannigfach und veränderlich auf den Menschen zu wirken vermag, je nach der Gruppierung und dem Vorherrschen der einzelnen Elemente, so sind auch Kunstwerke verschieden in ihrer Wirkung, abhängig von Beleuchtung und Umgebung und nicht zum Mindesten abhängig von der Stimmung des Beschauers.

An jenem Frühlingstage konnte alles, was die großen Meister geschaffen, in den hohen Galeriesälen doppelt schön erscheinen. Vorhänge verhüllten zwar die breiten Fenster, damit kein direkter Sonnenstrahl die kostbaren Leinwanden verderbe, aber die Frühlingsluft, den Frühlingsduft konnte man nicht ausschließen, und auch manch goldener Strahl schlüpfte verstohlen in den Saal und verbreitete sein Licht – ungünstig vielleicht für den pedantischen Beschauer, aber günstig für die Seelen der Körper, die von Künstlerhand hingezaubert worden waren. Sie wurden lebendig in dem unsichern Lichte. Schelmischer denn je schienen die nackten Kindlein des Rubens heute zu lachen, holdseliger die Madonna im Grünen dem Knäblein entgegen zu blicken, der hoheitsvolle Blick der Justina schien bewegt und gemildert. Und der Johannes erst!

So wie man bei Menschen oft nicht sagen kann, warum man sie eigentlich lieb hat, so auch bei Bildern. Sie geben uns gerade das, was wir brauchen, um innerlich zufrieden zu werden und deshalb kehren wir immer wieder zu ihnen zurück, wenn auch unser Verstand andere Kunstwerke bereitwilligst für ebenso schön und noch schöner erklärt. Im Banne des Blickes, den der Johannes von Murillo forschend und träumerisch, kindlich doch wie ein tapferes Kind auf die Welt heftet, stand ein junger Mann. Er hatte schon einige Male die Säle der Galerie langsam durchschritten, doch immer wieder zog es ihn zum Johannes zurück. Nicht prüfend, nicht kritisierend stand er da, sondern hingegeben einer Kette von Erinnerungen. Der Johannes war ja der erste Eindruck von Kunst gewesen, den er in seiner Jugend empfangen, dabei ein Lied – eine Stimme – und nachher kurze, gestohlene Augenblicke nie geahnter Freuden. Und die Freuden, wem dankte er sie, wer hatte in jenen längst vergangenen Tagen jenem Leben Form und Farbe gegeben? Magdalene!

Unweit des jungen Mannes, der schmalschulterig, mit etwas vorgebeugter, schüchterner, unfreier Haltung vor dem Gemälde stand, saß eine Dame, die fleißig in ihrem Skizzenbuch zeichnete. Der junge Mann hatte ihr nur sein blasses, scharf geschnittenes Profil zugewandt und sie schenkte ihm keine Aufmerksamkeit, bis der Name Magdalene leise von seinen Lippen geklungen war. Sie blickte auf, eine heftige Bewegung von ihr machte den eifrigen Besucher darauf aufmerksam, dass er nicht allein sei. Er wandte sich um und gleichzeitig streckten sich zwei Hände aus, um sich in warmem, freundschaftlichem Druck zu begegnen.

»Gabriel, wie freue ich mich, Sie wiederzusehen und gerade hier! Und der Johannes, er hat Sie auch gefesselt, Sie an längst entschwundene Tage erinnert.«

Ein Sonnenstrahl fiel von rückwärts auf Magdalenens aschblondes Haar; die Freude, die Überraschung hatten ihre zarten Wangen gerötet, sodass sie in dem Moment so frisch und rosig aussah wie vor zehn Jahren. Der junge Mann starrte das Mädchen wie traumverloren an. Er hielt ihre Hand fest in der seinen, fand aber auf ihre herzlichen Worte keine Erwiderung.

»Haben Sie kein Wort für Ihre Jugendfreundin? Ich dachte so viel an Sie und hörte nie mehr etwas von Ihnen, Gabriel.«

Als Magdalene diesen Namen aussprach, ließ der junge Mann mit einer heftigen Bewegung ihre Hand los.

»Verzeihen Sie die vertrauliche Ansprache. Die alten Zeiten waren plötzlich so lebendig in mir geworden –«

Eine dunkle Röte stieg in das Antlitz des jungen Mannes.

»Ich heiße Johannes – mit meinem – Taufnamen. Gabriel ist mein Familienname – ich lebte einige Jahre in Rom, wo – man mir die Mittel verschaffte, mein Leben der Kunst zu weihen.«

Mit unsäglicher Anstrengung hatte Gabriel diese wenigen Sätze hervorgestoßen, dann wandte er sich von Magdalene ab und sah den Johannes im Bilde mit starrem Blicke an.

»Und Ihr Vater?«

»Tot.«

Ein paar schwere Tränen entquollen seinen weitgeöffneten Augen.

»Nun vermag ich mich über Ihren Schritt zu freuen – Johannes.«

»Freuen?« Gabriel fuhr heftig herum, als er das Wort fragend und mit leisem Stirnrunzeln begleitet wiederholte.

»Ja, freuen, von Herzen freuen, da Sie mit diesem Schritte niemanden mehr weh und sich so wohlgetan haben.«

Keine Bewegung, kein Wort Gabriels verrieten Zustimmung und Widerspruch zu dem, was Magdalene gesagt.

»Denn sehen Sie, Johannes«, fuhr Magdalene, im Sprechen immer wärmer werdend, fort, »die Religion, der Gesichtskreis und der Gedankenkreis, in dem Sie geboren sind, Sie waren dem Künstler in Ihnen hinderlich. Nun Sie glauben gelernt, jenen Glauben, der die Besten von uns zu den großen Menschen und Künstlern gemacht hat, die

Menschen allen Glaubens zur Bewunderung zwingen, – in dem Glauben werden auch Sie das richtige Ausdruckmittel für Ihre Kunst finden, – in ihm werden Sie Großes leisten, ein rechter Künstler werden.«

»Wer nur immer glauben könnte!«, flüsterte Gabriel fast unhörbar.

»Momente des Zweifels kommen allen, die nicht stumpfsinnig vor sich hinleben. Aber könnte ein Mensch solches hervorbringen« – Magdalene wies auf das Kunstwerk Murillos – »wenn er nicht glaubte, und ist ein Glauben nicht göttlich, der solches hervorbringt?«

»Wie Sie so warm und überzeugend sprechen können, Magdalene! Mir haftet ein zweifelnder, grüblerischer Sinn an, der mich leicht schwankend macht. Ich brauche oft eine kräftige Hand, die mich zurechtweist, wenn mir der Weg vor den Augen zu entschwinden droht. Magdalene, seit meinen Knabenjahren waren Sie meine Muse, wollen Sie auch weiter mein leitender Engel bleiben?«

»Von Herzen gern, Johannes.«

Stumm schritten die beiden durch die weiten Säle, doch streiften sie die Werke der Meister nur mit geistesabwesendem Blick. Auch die Freitreppe wandelten sie noch stumm hinab; aber draußen, zwischen den Hecken im Frühlingssonnenschein ließ sich's vertraulich erzählen und sprechen von Vergangenheit und Zukunft.

Auf der Veranda eines Häuschens in der Hinterbrühl, nahe der Königswiese, saß Magdalene Gabriel und ließ ein dickes Bübchen von ungefähr eineinhalb Jahren auf den Knien tanzen.

»Wem sieht das Kind ähnlich?«, fragte sie ihren Mann, der eben damit beschäftigt war, das schöne Landschaftsbild mit dem schwarzen Turm auf dem bewaldeten Bergrücken in einer Aquarellskizze aufzunehmen.

»Wem sieht das Kind ähnlich?«, wiederholte sie zum zweiten Mal, da Gabriel die Frage überhört zu haben schien.

»Meinem Vater in jedem Zug«, sagte Gabriel, ohne von seiner Arbeit aufzusehen.

»Johannes, ist das dein Ernst? Markus ist doch blond.«

»Den Vorteil hat er allerdings, aber ich finde doch im Schnitt der Augen, der Nase und auch im Ausdruck des Mundes, wenn der kleine Kerl lacht, entschieden meinen Vater wieder. Das ist wohl ein großer Nachteil für das Kind?«

Magdalene stand mit dem Kinde auf dem Arm auf und trat zu ihrem Mann hin.

»Wie du nur sprichst! Sind wir nicht froh, Johannes, dass wir das Kind haben, frisch und gesund, mag es auch vielleicht – weniger hübsch sein.« Gabriel legte den Pinsel aus der Hand und mit stummer, stürmischer Zärtlichkeit nahm er den Kleinen in seine Arme.

»Johannes, erinnerst du dich noch des Momentes, da du an meinem Bette knietest? Ich war zu schwach, um nur die Augen zu öffnen und das Kind so elend, dass man meinte, sein kaum entzündetes Lebensflämmchen müsse jeden Moment verlöschen. Und da, Johannes, ich hörte es, da betetest du laut und flehtest – und in meinem Innern vereinte ich mein Gebet mit dem deinen und du schriest auf: ›O Gott, lass ein Wunder geschehen‹ – wenn es einen Gott gibt – und ich will dir opfern von dem Besten, das ich habe!‹ Weißt du es noch, Johannes?«

Magdalene kniete und umfing Mann und Kind mit ihren Armen und suchte den Blick ihres Mannes, der aber sah starr und unverwandt auf das blonde Lockenköpfchen an seiner Brust.

»Und unser Gebet wurde erhört. Das Wunder geschah. Ich wurde gesund, das Kind es blüht und gedeiht, aber was du versprochen hast, hast du noch nicht gehalten. Vom Besten, das du hast, von deiner Kunst musst du opfern, ein Bild so schön und heilig wie unsere Liebe.«

Noch immer schwieg der Mann.

Magdalene erhob sich.

»Johannes, und wenn es eine Strafe gäbe für Gelübde, die man nicht hält, wenn du gestraft würdest an dem Kinde –?«

Gabriel wurde bleich.

»Du hast recht, Magdalene. Wenn es damals ein Wunder war, das dich und mein Kind mir erhielt, dann kann es auch eine Strafe geben, wenn ich das Gelöbnis jener entsetzlichen Stunde nicht erfülle. Beruhige dich, Magdalene, meine Schuld soll es nicht sein, wenn unser Schatz nicht weiter gedeiht.«

Mit unendlicher Zärtlichkeit strich Gabriel über die Wänglein des Kleinen.

»Und du wolltest endlich, Johannes?«

»Ja, ein Votivbild malen.«

»Gott sei Dank.«

»Ein Jesuskind in der Krippe, oder Christus und Johannes – ich weiß es noch nicht. Nur brauche ich Zeit dazu und Studien und das Kind, das Kind musst du mir überlassen.«

»Von Herzen gern, wachend und schlafend, wie du das Modellchen brauchst.«

Von dem Tage an erfasste den jungen Künstler eine seltsame Unruhe. Die Gegenwart Magdalenens, die bisher immer etwas Beruhigendes für ihn gehabt hatte, ward ihm plötzlich unbehaglich und manches unbefangene Wort, manche ganz unabsichtlich herbeigeführte Wendung ihres Gespräches deutete er in einem Sinne, der ihm lästiger war, als er es sich eingestehen wollte.

Gabriel, der sonst wohl Naturfreund, aber kein Tourist war, begann nun plötzlich eine Leidenschaft für weite, oft über ganze Tage sich ausdehnende Spaziergänge zu bekunden.

In der Brühl mit ihren außerordentlich schönen, zum Teil ganz wild und hochgebirgartig sich darstellenden Felspartien und Waldhängen fand Gabriel reichlich Gelegenheit, diesem Verlangen, sich stundenlang allein zu ergehen, nachzugeben. Ein oft gewähltes Ziel, wenn er sich müde geschlendert hatte, war die Höldrichsmühle, wo zwischen schattigen Bäumen ein kleines Gasthaus einen hübschen Ruheplatz bot.

Eines heißen Nachmittags saß Gabriel bei einer Tasse Kaffee an einem Tische nahe des Waldweges.

»Elsa, Siegfried!«, hörte er plötzlich eine jugendliche Stimme hinter sich rufen. »Ihr wisst, dass ihr heute keine Blumen abreißen dürft, weil Samstag ist.«

Rasch wendete Gabriel seinen Kopf nach der Richtung, aus der die Stimme erklungen war. Wie lange hatte er das in seiner Jugend so wichtige Argument, etwas nicht tun zu dürfen, »weil Samstag ist«, nicht mehr gehört!

Elsa, ein kleines, schwarzhaariges, dunkeläugiges Menschenkind, blickte beschämt auf ein paar Heckenrosen, die sie hinter dem Rücken ihrer Hüterin gepflückt hatte, und war nicht sicher, ob sie sie behalten dürfe oder wegwerfen müsse. Ein etwas kleinerer Rotkopf, der dem Helden, dessen Namen er trug, nicht nachzueifern schien, denn er zeigte sich sichtlich geängstigt durch einen kleinen Hund, der sich ihm genähert hatte, Siegfried, war dem Rufe des jungen Mädchens, das auf einer Bank am Wege saß, gerne gefolgt. Mit mehr hastigen als graziös zärtlichen Bewegungen schmiegte er sich an sie.

»Klara, hat der liebe Gott verboten, am Samstag etwas abzureißen?«, fragte der Knabe.

Zögernd kam ein Ja von den Lippen des jungen Mädchens.

Elsa fragte nun heftig:

»Warum tut er's dann selbst? Da oben hinter dem Felsen ist der ganze Rasen voll mit den Rosenblättern, die der liebe Gott heute ganz frisch abgerupft und hingestreut hat. Ich habe selbst welche fallen sehen.«

»Das wird wohl der Wind getan haben.«

»Nein, es war kein Wind zu sehen.«

»So beharrliche kleine Fragesteller bringen uns oft an Punkte, wo das Antworten schwerfällt«, sagte Gabriel, von seinem Sitze aufstehend, und sich dem jungen Mädchen zuwendend.

»Ich weiß oft nicht, was ich sagen soll! Die Kinder sind nicht mehr in dem Alter, wo sie zu fragen aufhören und sich nur der Befriedigung eines religiösen Gefühls hingeben. Ich habe früher als meine Geschwister zu fragen aufgehört.«

»Meinen Sie nicht, dass auch für Sie nochmals eine Zeit kommt, in der sie wieder zu fragen anfangen?«

»Ich hoffe, dass nicht. Ich glaube, das würde mich sehr unglücklich machen.«

»Sie leben wohl ausschließlich im engsten Familienkreise.«

»Ja. Als Älteste habe ich Mutterstelle bei den Kindern zu vertreten. Der Vater hat sie mir ganz allein anvertraut, seitdem die Mutter tot ist.«

»Ihr Vater ist sehr fromm?«

»Ja, sehr.«

»Erlauben Sie?«

Mit der in Österreich oft üblichen Ungeniertheit setzte Gabriel sich auf die eine Ecke der Bank und fing an, rasch nacheinander dicke Rauchwolken vor sich hinzublasen. Nach einigen Minuten, die Elsa und Siegfried dazu benutzten, sich flüsternd über den Fremden zu unterhalten, warf er, sich plötzlich besinnend, die brennende Zigarre fort. »Verzeihen sie, dass ich doppelt rücksichtslos war, in ihrer Gegenwart zu rauchen, zudem ich doch wusste, dass es sie heute verletzen müsse.« Dem jungen Mädchen stieg eine rasche Blutwelle in das hübsche, dunkle Gesicht.

»Aus ihrer Bemerkung sehe ich, dass sie unsere Gesetze sehr wohl kennen. Wenn sie nicht die Kraft und den Willen haben, ihnen nachzuleben, so kann ich als Fremde es nur im Allgemeinen bedauern, – verletzen kann es mich nicht. Übrigens ist es auch Zeit, dass wir nach Hause gehen. Kommt, Kinder.«

Mit einem freundlichen Gruß erhob sie sich und schlug die Richtung nach dem Neuweg ein.

Der Zufall hatte Gabriel mit Klara Salzer bekannt gemacht, aber einem unbewusst in ihm aufkeimenden lebhaften Verlangen nachgebend, war es sicher kein Zufall mehr, der ihn das Mädchen auf ihren täglichen Spaziergängen mit ihren Geschwistern immer wieder begegnen ließ. – Die Überzeugung, dass sie es mit einem Glaubensgenossen zu tun habe, hatte Klara viel zutraulicher gemacht, als sie es sonst einem Fremden gegenüber gewesen wäre, und so war Gabriel bald in ihre ganz einfachen Verhältnisse eingeweiht. Ihr Vater war Getreidehändler und hatte wegen der Schwächlichkeit seines Söhnchens eine Sommerwohnung in Mödling gemietet, wo alle Vorschriften eines jüdisch-orthodoxen Lebens und durch die Nähe der waldreichen Brühl gleichzeitig die Anordnungen des Arztes befolgt werden konnten.

Klara war keine Schönheit, die das Auge des Malers im Sturm hätte gewinnen müssen, noch besonders liebenswürdig und kokett im Verkehr mit dem Fremden. Dennoch suchte Gabriel ihre Gesellschaft und konnte sich nicht satt hören an dem, was sie von ihrem im denkbar kleinsten Rahmen sich abspielenden Leben erzählte. Der Tonfall ihrer Stimme tat ihm wohl; Worte und Redewendungen, die sie gebrauchte und die er jahrelang nicht gehört hatte, berührten ihn so traulich, so heimatlich, dass es ihm manchmal wie ein Traum, wie eine Unmöglichkeit erschien, zu denken, dass er seit Langem schon einer andern Welt angehöre, dass er eine Frau habe, die für all das, was ihn heute zu Tränen und zum Lachen brachte, kein Verständnis habe. – Und er fing an, die beiden Frauen zu vergleichen. Magdalene und Klara. Magdalene, die stets kühle, etwas langsam denkende und gemessene

Frau, der Bildung und ein verfeinerter Sinn für das Formschöne eine bewusste Vornehmheit gegeben hatte, die sie nur in einer bestimmten Sphäre behaglich werden ließ, – und Klara, das Mädchen, die viel weniger gelernt hatte, aber raschen, lebhaften Geistes war und die ursprünglich und unbeeinflusst, außer in religiöser Beziehung, in ihrer Natürlichkeit eine größere Auffassungs- und Anpassungsfähigkeit besaß.

Wie in ihrer äußeren Erscheinung, der zarten Blondine und der derberen rundlichen Brünette, waren die beiden Frauen auch in ihrer Innerlichkeit typisch für die Verschiedenheit des Stammes, dem sie entsprossen. Gabriel, der bisher noch kein Judenmädchen gekannt, der es absichtlich vermieden hatte, mit seinen ehemaligen Glaubensgenossen zu verkehren, fühlte sich wie durch einen Zauber dahin gezogen, von wo er sich mit größtem Kraftaufwand einst losgerissen hatte: zum Judentum.

Nicht dass er plötzlich wieder Vorliebe für die in seiner Jugend abgestreiften Formen empfunden hätte, nicht als Vertreterin ihrer Religion gefiel ihm das Mädchen, sondern als Produkt der Religions- und Lebensauffassung ihrer Väter war sie ihm sympathisch. –

Es war ungefähr vierzehn Tage, seit Gabriel seiner Frau das Versprechen, ein Votivbild zu malen, erneuert hatte und etwas länger als eine Woche, seit er Klara Salzer kannte. Wenn er zu jener Zeit im Beichtstuhl die vollständige Wahrheit über die Vorgänge in seinem Innern hätte dartun müssen, er hätte keinen sündigen Wunsch, keinen unehrenhaften Gedanken zu gestehen gehabt und dennoch empfand er etwas wie quälende Gewissensbisse.

Er verschwieg Magdalene, dass er auf seinen Spaziergängen ein Mädchen kennengelernt hatte, und so viel sie auch schon geplaudert hatten – Klara wusste nicht, dass er Frau und Kind daheim habe. Er machte sich Vorwürfe über diese Heimlichkeit und Unaufrichtigkeit, fand aber doch nicht den Mut, sie aufzugeben und wurde Magdalene gegenüber nur noch gereizter.

Als eines Nachmittags Magdalene nach seinem Skizzenbuch griff und mit etwas gezwungenem Lächeln fragte, ob er schon landschaftliche Studien zu seinem Bilde gemacht habe, da sprang Gabriel erregt von seinem Sitze auf.

»Ich habe dich oft meine Muse genannt, Magdalene, und du hast für mein künstlerisches Schaffen immer das feinste Verständnis gezeigt

– als Mensch aber hast du mich nie verstanden. Du quälst mich, Magdalene.«

»Ich wollte dich nicht quälen. Ich sehe dich verstimmt und denke, Anregung und Arbeit würde dir gut tun.«

»Du magst ja recht haben. Aber meine Arbeit ist keine mechanische Taglöhnerarbeit, die man beliebig beginnen kann und deren Gegenstand in der Wahl eines andern liegt.«

Magdalene schwieg.

Unvermittelt frug Gabriel: »Wo ist das Kind?«

»Es schläft.«

»Wenn es erwacht, wollen wir einen Rundgang um die Königswiese machen.«

Klara war heute mir ihrem Brüderchen nach Wien zum Arzt gefahren und kehrte erst gegen Abend wieder nach Mödling zurück.

Am nächsten Tage kam Gabriel langsam, gedankenvoll den Weg zur Höldrichsmühle herangeschritten.

Klara hatte sich mit ihrer Handarbeit an einem der Wirtstische niedergelassen und den Kindern zur Jause einen Imbiss von Milch und Brot geben lassen.

Als Siegfried den »Herrn von Gabriel« kommen sah, sprang er ihm entgegen und nicht achtend der Schwierigkeiten, die ihm die Aussprache der Zischlaute bereitete und erfüllt von der Wichtigkeit seiner Person und deren Gesundheit, schrie er schon von Weitem: »Der Herr Doktor hat gesagt, ich soll jeden Tag zwei Liter Milch trinken, dann wird man in einem Vierteljahr nicht mehr wissen, dass ich Scharlach gehabt habe.«

Da Gabriel dieser Mitteilung gegenüber stumm blieb und nicht das vom Helden Siegfried erwartete und gewöhnte Interesse für dessen Wohl zeigte, forderte das Bübchen, sichtlich gekränkt, Elsa auf, Tannzapfen suchen zu gehen und versprach gütigst, nachher noch ein Glas Milch zu trinken.

Klara, die fühlte, dass ihr Erziehungsresultat Herrn Gabriel nicht sehr imponieren könne, entschuldigte die Unart des Knaben mit seiner Kränklichkeit, doch immer noch blieb Gabriel stumm, als hätte niemand zu ihm gesprochen.

Nach einigen Minuten versuchte Klara, der Gabriels wortloses Hinbrüten unbehaglich wurde, einen andern Gesprächsstoff.

»Ich war gestern in der Stadt.«

»Ich weiß es. Sie sagten mir ja vorgestern, dass sie die Fahrt beabsichtigten.«

»In Wien habe ich etwas gekauft, was ich noch nie gekauft hatte. Sie können sicher nicht raten, was es war.«

»Dann, bitte, sagen sie es lieber gleich.«

»Ich war in einer Kunsthandlung und habe eine Fotografie des Gemäldes, von dem sie mir kürzlich sprachen, gekauft.«

»Den Triumphzug des Titus?«

»Ja. Ich sah zwei Aufnahmen davon, eine große und eine kleine. Ich hätte lieber die große gekauft, aber ich fürchtete meinen Vater zu erzürnen. Er erlaubt nie, dass ich für solche Sachen Geld ausgebe.«

»Solche Sachen existieren wohl gar nicht für ihn.«

»Nein. Das Bild hat ihn zwar interessiert, weil es die Juden betrifft und Gruppen von Juden darauf zu sehen sind. Aber sonst interessiert er sich nicht für Kunstwerke, außer für alte silberne Becher und Geräte, wie wir sie an den Feiertagen gebrauchen. Und mir geht es mit der Kunst wie mit der Politik: Ich hätte Freude und Interesse daran, wenn mein Verständnis dafür gebildet worden wäre. Ich glaube, dass die Mädchen christlicher Familien von all dem mehr wissen dadurch, dass sie von dem Umgang mit Männern nicht so ausgeschlossen sind und über all diese Dinge sprechen hören.«

»Und wie gefällt Ihnen der Triumphzug des Titus?«

»Auch mich haben die Gruppen der Juden am meisten interessiert, die armen, geknechteten Gefangenen. Der alte Mann mit dem langen Barte, der die gefesselten Hände zu Fäusten ballt, sieht einem alten Lehrer meines Vaters ähnlich.«

»Wie hieß er?«, fragte Gabriel mit plötzlicher Lebhaftigkeit.

»Das weiß ich nicht. Ich sah ihn nur einmal, als ich noch ein Kind war. Mein Vater besuchte als Knabe die Taldmudschule in Pressburg und dort unterrichtete er.«

»Und ihr Vater findet, dass der alte Mann auf dem Bilde jenem Lehrer so ähnlich ist?«

»Ja, und den Ausdruck von Wut und Scham und Verzweiflung in dem Gesicht des Alten findet mein Vater so gut, weil er seinen Lehrer einmal in ähnlicher Aufregung gesehen hat, nachdem ihm sein einziger Sohn, ein Lump, durchgegangen war.«

»Wieso wissen sie, dass der Sohn ein Lump war?«, fragte Gabriel mit heiserer Stimme.

»Eine Christin soll ihm in den Kopf gesetzt haben, dass er Künstler werden müsse. Das wäre natürlich noch nicht das Schlimmste gewesen und ich hätte ihn deshalb noch nicht für schlecht gehalten. Aber man sagt, er hätte sich später, nachdem er seinem Vater ein einsames Alter bereitet, taufen lassen und das ist in meinen Augen seine Schlechtigkeit.«

»Fräulein Klara, furchten sie nicht, eine große Ungerechtigkeit zu begehen, wenn sie einen Menschen ungehört verdammen?«

»Halten sie mich nicht für fanatisch und ungerecht, dass ich die Taufe des jungen Mannes von vornherein und ohne ihn zu kennen als eine Schlechtigkeit und gelinde gesagt, Charakterschwäche bezeichne. Heute, wo wir Juden beständigen Angriffen ausgesetzt sind, muss ein Jude zum andern stehen, mag er in religiösen Dingen noch so frei denken. Es ist feige und ehrlos, in das Lager der Angreifer überzugehen.«

Die braunen Augen Klaras blitzten und die emsigen Hände des sonst so sanftmütigen Hausmütterchens ballten sich in ehrlichem Zorn zur Faust. Gabriel schaute dem erregten Mädchen mit blassen Lippen starr ins Antlitz.

»Und sie könnten einen Mann, der solche Charakterschwäche, solche Ehrlosigkeit gezeigt hätte, nie lieben –?«

»Lieben? Lieben? Ja, lieben könnte ich ihn, wenn ich ihn lieben müsste, denn Liebe ist stärker als Verstand und Wille – aber ich würde an dieser Liebe zugrunde gehen, denn er wäre mir verächtlich.«

»Klara«, entrang es sich in entsetzlichem Weh der Brust des moralisch Gefolterten, »ich bin der Lump der geächtete Sohn des Lehrers! Hast du mich lieb, Clara, wie ich dich liebe, du ehrliches, tapferes Kind?«

»Ja – aber gehen Sie.«

Gabriel ging.

Am nächsten Tage machte Gabriel keinen Spaziergang. Magdalene fand ihn so blass und elend aussehend, dass sie ihn gerne nach seinem

Befinden gefragt hätte, wenn sie nicht gefürchtet hätte, keine Antwort zu bekommen. Nach dem Mittagessen nahm er das Kind auf den Arm, setzte es aber bald wieder in sein Stühlchen und sagte, er wolle nun an die Arbeit gehen.

Wie ein Sonnenschein überblitzte es Magdalenens Gesicht. »Nun wird alles wieder gut«, sagte sie halblaut. Gabriel, der die Worte gehört hatte, nickte mechanisch zustimmend und ging in sein Atelier.

Magdalene wollte ihm in gewohnter Weise mit ihrer Handarbeit in den ihr heiligen Raum folgen. Da hörte sie absichtlich geräuschvoll den Schlüssel von innen umdrehen. Das war ein fürchterlicher Ton für Magdalene; es war, wie wenn ein kostbares Gefäß plötzlich einen Sprung bekommen hätte. »Warum«, fragte sich Magdalene, »warum darf ich an dieser Arbeit nicht teilnehmen wie an den andern?«

Das große Gemälde »Der Triumphzug des Titus«, dieses Werk, das Gabriels Ruhm als Künstler gegründet hatte, hatte Magdalene Skizze um Skizze, fast Pinselstrich um Pinselstrich entstehen sehen. Sie war ihrem Manne immer eine feinfühlige, kunstsinnige Beraterin gewesen. Zur rechten Zeit das Wort, zur rechten Zeit das Schweigen beherrschend, hatte sie stets Zutritt zu seiner Arbeitsstätte gehabt.

Warum verbannte er sie plötzlich aus dem Raum? Zürnte er ihr, dass sie ihn an sein Gelöbnis erinnert hatte? Sie bereute nicht, es getan zu haben. Ja, er sollte das Votivbild malen. Damit würde nicht nur der tiefste Wunsch ihrer Seele erfüllt, sondern auch das höchste Ziel ihres Ehrgeizes für ihren Mann erreicht werden; er würde auch dem Inhalte seiner Schöpfungen nach jenen Künstlern nachstreben, die Magdalene auch um ihres frommen Glaubens willen so unendlich schätzte und verehrte. »Vielleicht will er mich diesmal überraschen«, sagte sich Magdalene zu ihrer eigenen Beruhigung, als sie über ihre Stickerei gebeugt auf der schattigen Veranda saß, aber der kreischende Ton des Schlüssels verklang nicht in ihrem Ohr.

Der Nachmittag schlich dahin, der Abend brach herein und die beginnende Dämmerung musste dem Maler längst jede Arbeit unmöglich gemacht haben. Nichts regte sich im Atelier.

Klopfenden Herzens beschloss Magdalene endlich, von der Seite des Schlafzimmers, nicht durch die Türe, die absichtlich vor ihr verschlossen worden war, mit dem Kinde zum »Gutenachtsagen« bei seinem Vater einzutreten.

Der Kleine hatte schon sein langes Nachthemdchen an und lehnte müde sein Köpfchen an die Schulter der Mutter, als sie mit ihm die Schwelle des Arbeitszimmers betrat.

Magdalene blickte zuerst nach der Staffelei, denn von dort würde, wie sie dachte, der erste erstaunte und vorwurfsvolle Blick des Gatten treffen. Das Kind hatte aber nach der andern Seite gesehen und mit wichtiger Miene legte es nun sein Fingerchen an den Mund.

»Bubi still sein, Papa schläft«, sagte es.

Magdalene wandte sich nun dem Diwan zu, auf den das Kind deutete.

Dort lag Gabriel ausgestreckt, starren Auges, ein Fläschchen in der schlaff herabhängenden Hand. Ein Blatt lag auf dem nächsten Tische.

Zitternd ließ Magdalene das Kind in einen Armstuhl gleiten.

»Johannes«, schrie sie auf und beugte sich in furchtbarem Entsetzen über den Körper des Entseelten, und bei dem langsam verdämmernden Schein der untergegangen Sonne begann sie zu lesen:

»Und wenn ich es noch tausend Mal und abertausend Mal versuchte, Magdalene, ich könnte nur andere Worte finden, nur stets dasselbe zu sagen: Ich kann mein Leben nicht länger ertragen, denn es ist eine Kette von Lügen. Wie wohl es mir tut, einmal die Wahrheit ins Auge zu fassen. Ja, ich habe gelogen mein Leben lang! Ich habe gelogen, da ich meine Kunst höher stellte als meinen Vater, denn ich litt schwerer unter seinem Fluch, als wenn man mir die Hand abgehauen hätte, die den Pinsel führt.

Ich habe gelogen als ich mich zu einem Glauben bekannte, der meinem Herzen fremd geblieben ist, und Magdalene, ich habe gelogen, da ich dich zum Weibe nahm, die ich schätzte, aber nicht liebte, nur hoffend, in dir eine Stütze zu finden für meine Schwäche. Und ich habe gelogen, da ich ein Mädchen meines Stammes fand und erkannte, dass ich sie liebte in dem Momente, wo sie meine gerechte Richterin wurde.

Ich log und log mit jedem Atemzuge. Und nun Magdalene, da du verlangst und darauf bestehst, dass ich auch in meiner Kunst lüge, dass ich im Bilde heuchlerisch und lügnerisch darstellen soll, was ich nicht glaube, da versagt mir die Kraft der Schwäche. Das Einzige in der Welt, das ich frei von Lug und Trug mir erhalten habe – meine Kunst – soll auch rein bleiben!

Ich weiß, dass ich mit dem Entschlusse, freiwillig in den Tod zu gehen, dir, meiner gläubigen Magdalene, Entsetzliches zufüge – aber in deinem Glauben wirst du auch Trost finden und in unserem Kinde. Du wirst es erziehen, und wirst es in deinem Sinne erziehen. Wohl ihm, wenn es glauben kann! Aber, Magdalene, wenn der Knabe denken lernt und ihm der Glaube fremd wird – dann zwinge seine junge Seele in keine Fessel. Lass ihn frei sein und wahr, damit er ein ehrlicher, würdiger Mensch werde!

Habe Dank für all deine Güte und vor allem dafür, dass du mir den Weg wiesest in das hehre Heiligtum der Kunst

Gabriel.«

Ingram Content Group UK Ltd.
Milton Keynes UK
UKHW050641150523
421621UK00023B/37